COUPABLE !

* * *

Loi n°49-956 du 16 juillet 1949 sur les publications
destinées à la jeunesse, modifiée par la loi n°2011-525 du
17 mai 2011.

© Annie Berlingen, 2024
Édition : BoD · Books on Demand GmbH, In de Tarpen 42,
22848 Norderstedt (Allemagne)
Impression : Libri Plureos GmbH, Friedensallee 273,
22763 Hamburg (Allemagne)
ISBN : 978-2-3225-5825-4
Dépôt légal : octobre 2024

Annie BERLINGEN

COUPABLE !

AB

Écrire encore

A vous toutes et tous.

L'écriture est une activité prégnante

mais qui m'a remplie de bonheur

tout au long de ces années passées.

J'ai couché sur le papier ce que me

soufflait mon imagination.

Et, si mes écrits n'ont pas connu

la faveur du grand public,

qu'importe, ils existent.

Je vous aime.

Et là, ce n'est pas mon imagination qui l'écrit !

Première partie

* *

**Ne revivez le passé
que s'il doit vous servir pour l'avenir.**

Anonyme

* *

Nathan Maurel

17 juillet 2017

Centre pénitentiaire de Luynes

Bouches-du-Rhône

* * *

La liberté ne s'évalue que par sa restriction.
Taha-Hassine Ferhat

Libre !

Le judas s'ouvre dans le grincement de la targette et se referme tout aussi bruyamment. Dans un cliquetis d'acier, la clé tourne dans la serrure. Une voix grave et sans chaleur résonne .

– Maurel. Debout, c'est le grand jour !

– Hum mmm!

– Maurel, bon sang ! Tu dors ? C'est le grand jour, bouge ta graisse ! éructe le maton pas très enclin à être aimable. Sa nuit a été très, très agitée.

– OK ! OK ! Gardien ! On se calme ! On ne va pas s'énerver aujourd'hui. C'est déjà l'heure ? demande Nathan d'une voix encore ensommeillée

– Ben oui ! Tu sors aujourd'hui. A moins que tu ne veuilles prolonger tes vacances parmi nous, répond le gardien avec un rire qui se termine en rictus.

– Non, vraiment sans façon. Je suis prêt.

Il se lève, il est déjà habillé. Il enfile ses chaussures, saisit son vieux sac informe dans lequel il a entassé tout ce qu'il possédait ici. C'est à dire peu de choses hormis ses carnets, ses précieux carnets, ses livres de cours et ceux qu'il a lus tout au long de son séjour, dans ce lieu. Ils sont son trésor, ses souvenirs, les images de sa vie dans cet endroit. Il sort de la cellule sans un regard en arrière pour ces quatre murs gris qui l'ont retenu pendant vingt longues années.

– Passons à l'accueil récupérer tes affaires.

Le guichetier lui présente une boite contenant tout ce qu'il portait à son arrivée : un portefeuille en cuir démodé, une montre sans âge, une ceinture, des lacets de chaussures. Bien maigres vestiges de sa vie passée. Le préposé, derrière son guichet grillagé, lui tend ensuite deux enveloppes.

– Celle-ci contient le pécule que tu t'es constitué durant ton enfermement. Il te permettra de voir venir pour quelque temps. La seconde a été déposée pour toi, par un coursier. Bien entendu, nous l'avons ouverte. Elle contient un trousseau de clés et un mot explicatif, tapé à l'ordinateur.

– Et c'est tout ? Rien d'autre dans cette enveloppe ? interroge le libéré, surpris, qui fourre le tout dans son sac.

– Tout est là. Que veux-tu savoir ? Nous n'avons pas plus de renseignements que toi, même le porteur n'a pas pu nous donner plus d'indications. Bonne chance à toi. Signe Là.

Le responsable tourne vers lui un registre qu'il émarge à l'endroit indiqué.

– Bon retour à la vie extérieure.

-- Adieu et au plaisir de ne jamais vous revoir.

* *

La lourde porte métallique se referme derrière lui dans le bruit agaçant des roues raclant le rail en fer et claque contre le mur. Immobile au bord du trottoir, Nathan Maurel a posé son sac à ses pieds. Les yeux fermés, il aspire une grande bouffée d'air.

Libre, je suis libre.

Il est heureux mais aussi angoissé. Il vient de passer vingt ans de sa vie derrière les barreaux d'une prison. Vingt longues années durant lesquelles le monde a continué de tourner, de changer, d'évoluer, sans lui.

Que vais-je faire de cette liberté retrouvée ?

Où vais-je aller ?

Il en est là de son interrogation quand un taxi s'arrête près de lui. Le chauffeur en descend, hésitant, un papier à la main.

-- Bonjour ! dit-il. Vous êtes M. Maurel ? M. Nathan Maurel ?

– C'est bien moi. Et alors ? Méfiant, Nathan s'est figé dans une attitude défensive et a répondu sèchement.

Troublé par cette sortie, le chauffeur s'avance, hésitant

— Je dois vous conduire à l'adresse indiquée ici.

—- Comment ça – *me conduire à l'adresse indiquée* ? C'est une plaisanterie. *Il est de plus en plus méfiant, une habitude prise durant toutes ces années de prison. Une enveloppe avec des clés, maintenant un taxi ! C'est quoi cette histoire ? Qui vous a demandé de venir me chercher ? Toujours ce ton sec et coupant.*

— Je n'en sais rien. Ce matin, j'avais garé mon véhicule sur mon emplacement habituel et je suis allé me prendre un café au bistrot du coin, chez mon ami Bruno, en attendant mon premier client. C'est très calme à ces heures-là. Quand je suis revenu, j'ai trouvé une enveloppe glissée sous mon essuie-glace. Elle contenait ce papier, répond le brave homme, en le lui tendant.

Nathan lit le message, tapé à la machine, évidemment.

— *Rendez-vous à la maison d'arrêt de Luynes à 9h. Vous prendrez en charge un prisonnier du nom de Nathan Maurel et le conduirez à l'adresse indiquée plus bas. Merci.*

— Et rien d'autre, demande le jeune homme. Pas de nom, de signature, rien qui puisse me renseigner sur celui, ou celle, qui vous a commandé cette course ? *Sa voix n'a rien perdu de sa dureté.*

— Juste... l'argent pour... pour la régler. Et... et ... une somme plus que... généreuse.

Il en bafouille, le pauvre, se demandant s'il a bien fait d'accepter cette course. Il est effrayé, inquiet. Pensez donc un prisonnier libéré dont il ne sait rien. Peut-être un meurtrier qui va le trucider en chemin et lui voler son argent. Il se fait des films en noir et blanc. Hitchcock à la provençale.

— *Voilà bien des mystères, pense Maurel. Je verrai bien de quoi il retourne plus tard.* Bien, allons-y. Conduisez-moi.

Bien que suspicieux, il s'installe dans le taxi qui démarre, direction Marignane. Le chauffeur jette de temps à autre un regard soucieux à son passager. Ce dernier s'est calé sur le siège et a fermé les yeux.

– *Il a l'air d'un bon gars, pense-t-il, rassuré. Rien à craindre.* Il détaille son client qui semble s'être endormi. C'est un homme de grande taille, avec une musculature que l'on devine sous sa veste.

– *Sûrement le résultat des séances de sport à la prison, se dit-il.*

Il doit avoir dans les quarante ans, ses cheveux sont grisonnants. Ce qu'il a vu de ses yeux et de son regard montre de la tristesse, mais aussi de la colère et une froide détermination.

– *Il me fait penser à un brave mec. Qu'a-t-il pu lui arriver pour se retrouver derrière les barreaux ?*

Au bout de quelques kilomètres, Nathan Maurel se redresse et fouille dans son sac, posé sur la banquette près de lui. Il en sort l'enveloppe avec son argent qu'il compte. Il ne pourra pas aller bien loin mais ce sera suffisant pour démarrer. Il décachette la seconde. Un trousseau de clés s'y trouve ainsi qu'une feuille de renseignements expliquant la fonction de chaque clé et la position de l'appartement. - *Bât 15, 5 ème étage, porte de gauche. Résidence St Pierre, à Marignane.*

— Vous êtes arrivé, M. Maurel. Je vous souhaite une bonne journée.

— Merci à vous. Bonne journée également.

* * *

Alexis CHASTAING

' Save our souls "

Sauvez nos âmes

* *

16 mai 2017

Deux mois plus tôt

* *

La justice , c'est la liberté en action

Joseph Joubert

Aix-en-Provence

Ce mardi matin, comme chaque fois qu'il ne plaide pas, Maître Alexis Chastaing arrive à son cabinet à neuf heures. Sophie, secrétaire chargée de l'accueil des clients et du standard, le salue d'un – *Bonjour, Maître* – souriant et gracieux, auquel il répond de la même façon. Elle lui tend les journaux et les magazines arrivés au courrier du jour.

Son bureau, au bout du couloir, le ravit lorsqu'il en franchit le seuil. Grand, éclairé par de hautes fenêtres habillées de lourdes tentures et de voilages diaphanes, s'ouvrent sur les platanes du cours. il est savamment et élégamment meublé, symbole de sa réussite. Il s'installe dans un fauteuil de bureau en cuir noir, pose sa serviette et d'un regard, toujours aussi étonné et émerveillé, fait le tour de la pièce. Sorti major de sa promotion, il avait été repéré et engagé par le cabinet d'avocats Michau et Associés, cabinet reconnu pour l'efficacité de ses membres et la qualité des affaires conclues. Le groupe offrait ses compétences tant dans le domaine pénal que pour des dossiers concernant la famille ou le commerce. Après plusieurs années passées dans ce groupe et grâce à des dossiers difficiles qui avaient conduit à l'acquittement de ses clients, Alexis avait acquis une solide réputation sur la ville d'Aix et sa région. Il avait ainsi pu s'offrir ce bureau, dans un immeuble du 19ème siècle, sur le Cours Mirabeau, lieu d'excellence s'il en est. Il avait repris l'étude d'un avocat partant à la retraite et qui lui avait laissé toutes les affaires plaidées durant sa carrière. Toute une pièce où les plus importantes, les plus emblématiques d'entre elles sont rangées, par années, numéros et nom du justiciable. Un véritable trésor qu'il aime à consulter soit pour son travail, soit par simple curiosité.

On frappe à la porte. C'est Nina, sa secrétaire qui s'annonce.

– Bonjour, Maître. Comment allez-vous ce

matin ? demande-t-elle.

C'est une grande et belle jeune femme d'une quarantaine d'années, vêtue d'un tailleur bleu nuit, sur un chemisier blanc. Elle cache ses yeux d'ambre derrière des lunettes à montures légères. Son sourire est lumineux. Elle tient à la main un parapheur et une lettre.

– Je vais bien, merci Nina. Et vous même,

répond Alexis. La famille, les enfants ?

– Tout mon petit monde se porte à merveille.

Je vous remercie ! dit-elle en souriant. Voici le courrier du jour. Il y a aussi cette lettre. Comme elle porte la mention «Personnelle», je ne l'ai pas ouverte. Elle dépose le tout devant lui.

– Très bien. Qu'en est-il des rendez-vous de la

journée ?

– J'ai programmé le premier pour 10h 30, avec

M. Capron Eugène, son dossier est sur votre bureau. Vous aurez ainsi un moment pour le revoir.

– Parfait ! Merci Nina.

– A plus tard, Maître. Et elle sort de la pièce.

Alexis ouvre le parapheur, parcourt le courrier qui s'y trouve, note quelques instructions pour Nina afin qu'elle puisse répondre à ses correspondants. Ce travail accompli, il se saisit de l'enveloppe cachetée. Il l'observe un moment. L'écriture est un peu tremblée, comme tracée par la main d'une vieille personne. Le cachet de la poste indique Gardanne, une petite ville à l'est d'Aix-en-Provence. Il ne la connaît que par la réputation de son marché dominical et sa mine de bauxite qui rougit toute la terre alentour.

– Qui donc peut m'écrire de Gardanne ? Un

nouveau client. Mais alors pourquoi personnelle ? s'interroge Alexis. Bon, voyons ce qu'elle contient.

Il saisit le coupe-papier posé sur son sous-main et ouvre l'enveloppe. Il en sort une feuille couverte de la même écriture tremblée. Il lit :

Gardanne, 12 mai 2017

Bonjour à vous qui me lisez.

J'ignore si votre cabinet existe toujours. Alors je lance un SOS espérant que quelqu'un de chez vous pourra le lire et me répondre.

Ces trois lettres disent : « Save our souls » - sauvez nos âmes -. Je veux, moi aussi, sauver mon âme avant de disparaître de cette terre.

Je suis actuellement au Centre de soins palliatifs « La Maison », à Gardanne. J'ai des révélations à faire au sujet d'une affaire de meurtre, vieille de vingt ans. Il s'agit de l'affaire Nathan Maurel qui fut défendue par un avocat de votre groupe : Maître Benoît Royer.

Je vous propose de venir me rencontrer, afin que je fasse certaines révélations au sujet de ce dossier.

Les visites sont autorisées le matin de 10h à 12 h et l'après midi de 15h à 19h.

Venez quand cela vous sera possible.

Merci par avance de votre visite.

Julien Payet

Alexis relit ce texte surprenant. Il réfléchit un moment puis appelle Sophie.

— Oui, Maître ?

— Sophie ! Je voudrais que vous alliez aux archi--ves et me retrouviez un dossier concernant un certain Nathan Maurel. C'est une affaire de 1997 qui a été plaidée par Benoît Royer.

— Pas d'autres renseignements ?

— Non ! Rien d'autre. Ah si ! Il s'agit d'un meurtre, si cela peut vous aider, répond Alexis.

— Je vais voir ce que je trouve, et la jeune fille sort du bureau.

L'avocat s'interroge sur l'énigmatique missive.

Qui êtes-vous, Julien Payet ?

Qu'avez-vous à confesser?

Pourquoi des révélations aussi tardives?

Un mystère entoure ce courrier. Il est circonspect mais son instinct aventurier fait clignoter une petite lumière au fond de son cerveau.

Son esprit curieux lui souffle de donner suite à cette invitation. Il consulte son agenda pour trouver un créneau.

– Libre Vendredi. Il bloque la date et appelle Nina.

– Nina, veuillez noter que vendredi, je me rends à Gardanne visiter M. Julien Payet. Je serai donc absent toute la journée mais joignable sur mon portable.

– Parfait. Je prends note.

– Merci Nina.

Comme elle sort de la pièce, Sophie revient des archives avec une boite qu'elle dépose sur le bureau.

– Voilà, Maître. Je pense que tout est là. Avez-vous encore besoin de moi ?

— Merci, Sophie. Ça ira.

Alexis ouvre la boîte à archives et constate avec surprise que le dossier qu'elle contient est bien mince pour une affaire de meurtre, plaidée aux assises. Il en extrait la chemise cartonnée, la pose devant lui, défait la boucle et se met à consulter les minutes du procès. Il est plongé dans la lecture des documents quand le téléphone sonne. C'est Sophie.

— Monsieur Capron, Maître, votre rendez-vous de 10h 30, vient d'arriver.

— Faites-le patienter, voulez-vous. Je le reçois dans cinq minutes.

Absorbé par la lecture du dossier, il en a oublié de revoir celui de son client. Il le feuillette rapidement, se remet l'affaire concernée en mémoire. Une banale plainte pour un voisinage bruyant. Il va expédier ça rapidement et proposer une médiation, un règlement à l'amiable. Il décroche son combiné et demande à Sophie de faire entrer son client.

– Ce n'est pas gagné, pense Alexis, en voyant sa mine renfrognée.

Il expose, en choisissant prudemment ses mots, tout ce que cette méthode de conciliation peut représenter comme bénéfice pour le vieil homme. Pas de tribunal, pas de perte de temps et surtout, surtout, un engagement signé par ses adversaires pour cesser leurs nuisances sonores.

– Et vous m'assurez que je pourrai enfin jouir de la tranquillité, dans ma maison ?

– Tout à fait, M. Capron. Une injonction leur sera signifiée, que vous pourrez faire jouer à tout moment, s'ils récidivent, conclut l'avocat.

Son client hoche la tête et s'en va, satisfait. Alexis, à son bureau, pousse un soupir de soulagement. Affaire conclue, affaire classée, même s'il convient de finaliser l'accord. Mais cela n'est qu'un détail mineur dont Nina pourra s'occuper.

Il se remet à l'étude du dossier de Nathan Maurel. Accaparé par sa lecture, il n'a pas vu passer le temps. C'est Nina, lui annonçant qu'elle et Sophie sortent déjeuner, qui le ramène à l'instant présent.

— Désolé, Mesdames, je me suis laissé prendre par ce dossier et j'ai perdu la notion de l'heure. Bon appétit. A tout à l'heure

— Voulez-vous que nous vous rapportions quelque chose à grignoter? lui demande Sophie.

— Volontiers. Un jambon beurre et une part de cheese-cake de chez Gaspard. Merci.

Et il se replonge dans les papiers qu'il a étalés devant lui. Une fois de plus, il se demande comme cet homme a pu être condamné à une si lourde peine avec si peu d'investigations et de preuves irréfutables. Cette lecture le conforte dans sa détermination à rendre visite à son mystérieux correspondant. Il classe les différentes pièces du dossier, rédige ensuite quelques notes et le referme au moment où ses collaboratrices reviennent, son repas en mains.

— Merci , mesdames, vous êtes adorables.

Il s'installe pour déguster son sandwich et sa part de gâteau, sort de son réfrigérateur-top, une bouteille de Bandol rosé, bien frais et se reprend à penser au dossier qu'il vient de lire. Il a hâte maintenant de rencontrer cet énigmatique Julien Payet. Il s'interroge de nouveau.

Qui êtes-vous, Julien Payet?

Quel a été votre rôle dans cette affaire ?

Qu'allez-vous me révéler pour «sauver votre âme»?

Mourir, c'est fermer une parenthèse.

Pierre Baillargeon

Gardanne

La Maison

Vendredi 19 mai 2017

Lorsque Alexis Chastaing arrive au centre médical «La Maison», il est surpris par son aspect. Il s'attendait à se trouver face à un édifice hospitalier classique, semblable à tous les autres : triste, impersonnel, barbouillé de blanc.

La Maison, qu'il découvre, ressemble à une vraie maison, si ce n'est le grand ascenseur qui mène aux étages et permet de transporter un lit médicalisé, si ce n'est cette vaste salle d'où s'échappent des rires et des chants. Dans le hall, il remarque des bougies allumées et un grand cahier ouvert sur une table avoisinant les chandelles. Il s'en approche et comprend que ces bougies sont des flammes allumées pour les âmes qui se sont envolées et sur le livre ouvert, des messages d'adieux pleins de tendresse pour les accompagner dans ce voyage vers l'inconnu. Il observe les lieux, surpris par leur sérénité comme si, ici, la vie faisait une pause dans la douceur et la paix.

– Bonjour, Monsieur. Puis-je faire quelque

chose pour vous ? demande une voix douce et amicale.

Il sursaute et se retourne pour se trouver face à un petit bout de femme souriant, une chevelure d'un blond vénitien naturel, des yeux verts et des tâches de rousseur constellant ses joues, mille paillettes étoilées sur la voie lactée de sa peau.

– *Que voilà une bien jolie personne, un bien joli*

sourire, pense Alexis, et de bien beaux yeux. Bonjour. Je suis Alexis Chastaing et je viens voir M. Julien Payet.

– Attend-t-il votre visite ?

– Non ! J'ai reçu une lettre de ce monsieur, me

demandant de venir le visiter mais j'ignore pourquoi, répond Alexis.

– Il est dans le patio. Suivez-moi. Tout en

avançant, elle lui confie : Je suis Ninon, son infirmière. Je dois vous prévenir : Julien est fragile et très fatigué aujourd'hui. Soyez attentif.

Une fois encore, l'avocat est agréablement surpris par le lieu qu'il découvre. Un espace de verdure et de fraîcheur où croissent des palmiers, des buissons. L'eau d'une petite fontaine murmure son chant apaisant en se déversant dans un petit bassin. Des tables et des chaises de jardin s'abritent sous de jolis parasols. L'endroit est douillet, reposant, serein. A l'étage, des portes s'ouvrent sur balcon qui court tout au long de la façade. Une musique douce s'échappe par les fenêtres ouvertes. Alexis est surpris de trouver une telle paix dans ce lieu où ceux dont la vie s'achève, passent leurs derniers instants sur terre.

– Il est là, murmure la jolie infirmière en dési-

-gnant un homme assis dans une chaise roulante. A l'abri d'un parasol, il semble somnoler.

– Julien, vous avez une visite, annonce-t-elle doucement.

– Une visite ? Pour moi ? Vous êtes sûre, Ninon?

La voix est faible, tremblotante. Le vieil homme tourne son fauteuil vers les arrivants. Le jeune homme réprime un mouvement de recul en découvrant Julien. Il fait chaud en ce mois de mai pourtant celui qui lui fait face est enroulé dans un plaid. Deux yeux, au regard interrogateur, le fixent, le sondent, cherchant à le reconnaître. Ils brillent d'un éclat intense dans ce visage émacié, torturé de rides, vieillesse et souffrance mêlées. Vifs et profonds, leur demande est muette.

– Bonjour, M. Payet. Je suis Alexis Chastaing,

avocat à Aix. C'est moi qui aie reçu votre lettre et j'ai décidé de vous rencontrer. J'ai racheté le cabinet de Maître Renard qui a pris sa retraite. Votre courrier a éveillé ma curiosité et me voilà ainsi que vous le souhaitiez.

– Merci, Maître, de vous être déplacé et de me

croire. J'ai en effet des révélations à faire sur le dossier de ce jeune homme, injustement condamné et je sais de quoi je parle.

– Je vous écoute, répond Alexis

Il s'installe dans un fauteuil face au vieil homme. Un soupir soulève la maigre poitrine de son interlocuteur et Alexis se rend compte que le pauvre homme semble épuisé.

– Voulez-vous que nous remettions cet entre-

-tien à plus tard ? demande-t-il. Je peux revenir quand vous le souhaitez.

– Je veux bien. Je vais juste vous dire qui je suis

ou plutôt qui j'étais. Pour le reste, j'ai un dossier complet à vous soumettre et des explications précises à vous donner. Je me nomme Julien Payet, j'ai soixante-quinze ans et j'étais médecin-légiste à Marseille. Je n'ai plus aucune famille. Non ! J'ai deux fils qui, mais par ma faute, ont oublié qu'ils avaient un père. Je suis atteint d'un cancer en phase terminale. Je suis ici pour attendre la mort dans un endroit dédié à cette étape finale de la vie, dans les meilleures conditions possibles.

– Je comprends votre démarche.

– Pardonnez-moi de pas vous en dire plus mais certains jours sont, pour moi, plus difficiles que d'autres. Pouvez-vous revenir? Je vous remettrai le dossier que j'ai constitué et répondrai à toutes vos questions.

– Sans aucun problème, répond Alexis en lui tendant sa carte de visite. Appelez-moi quand vous vous sentirez de le faire sans vous fatiguer.

– Merci à vous de croire en mes révélations futures et de me donner la possibilité de sauver mon âme. Je vais appeler Ninon.

Il actionne sa sonnette et la jolie jeune femme les rejoint rapidement.

– Ninon, voulez-vous me reconduire dans ma chambre et raccompagner Monsieur.

Dans le hall, le vieil homme serre la main d'Alexis disant qu'il le recontactera très vite.

– Il ne faut pas laisser traîner les choses. Sait-on jamais quand la dame à la faux viendra faire sa moisson ?

Il sourit et le jeune homme lui renvoie son sourire.

— A bientôt et prenez soin de vous, dit-il en

étreignant la main décharnée qu'il lui tend

Il le regarde s'éloigner, poussé par l'infirmière. Lorsqu'elle réapparaît, il lui remet une carte de visite, lui demandant de le prévenir si quoi que ce soit arrivait à Julien Payet.

— N'hésitez pas à m'appeler. Je viendrai aussi-

-tôt.

— Avec plaisir. Vous êtes sa première visite

depuis qu'il est ici. C'est un homme charmant et agréable.

— Personne ne vient le voir ? Pourtant, il m'a

dit avoir des enfants ?

— Oui, il a deux fils à contacter le jour de son

décès mais nous ne les avons   jamais vus ici.

— Quelle tristesse ! Vivent-ils dans la région ?

— L'un est à Nice, l'autre à Montpellier. Pas le bout du monde, comme vous le voyez mais pas une seule visite.

— En effet. J'en saurai un peu plus à ma pro--chaine visite. Au plaisir, Ninon et prenez soin de M. Payet.

Une poignée de mains ferme et douce qui se prolonge et Alexis s'en va, laissant derrière lui, une Ninon troublée.

 Une semaine se passe et Alexis se demande quand Julien Payet sera suffisamment reposé pour lui demander de venir et lui confier son lourd secret. Ce mercredi, comme il sort du prétoire après avoir plaidé une affaire délicate qui lui a demandé un énorme travail, son téléphone vibre.

— Alexis Chastaing, se présente-t-il

— Bonjour, Maître. Ninon, l'infirmière de Julien Payet.

– Ah ! Oui! Bonjour Ninon. Est-ce que tout va bien ? s'inquiète-t-il.

– Oui, tout va bien. M. Payet m'a demandé de vous appeler. Il se sent mieux depuis quelques jours. Il semble que votre visite lui ait fait beaucoup de bien.

– Vraiment ? interroge Alexis

– Vraiment. Il mange mieux et a repris quel--ques forces. Il est aussi un peu plus détendu. C'est pourquoi, il souhaite vous revoir. Quand seriez-vous disponible ?

– Je viens de terminer une grosse affaire. Je serai libre demain si cela lui convient.

Un moment de silence. Le jeune homme suppose que l'infirmière s'entretient avec son patient.

– Ce serait parfait pour lui.

– Alors disons vers 10 h ?

– Idéal pour l'horaire. Il propose que vous preniez votre repas avec lui. Il vous invite.

– Avec grand plaisir si vous pensez que cela ne le fatiguera pas trop ?

– Ne soyez pas inquiet. S'il se sent las, je le ramènerai dans sa chambre. Je vous dis à demain. Belle journée.

– Merci, Ninon. A demain.

* *

Il raccroche et s'interroge à haute voix

– Que va donc me révéler Julien? Toute cette histoire m'intrigue. J'ai hâte de savoir. J'aurai plaisir, également, à revoir Ninon.

– Bonjour, Alex, que t'arrive-t-il ? Tu parles tout seul ?

Il vient de croiser un confrère, Maître Ménard, qu'il n'avait pas remarqué.

— Oh! Bonjour ! Je réfléchissais à haute voix. Je pense qu'il est temps pour moi de lever un peu le pied et de prendre quelques jours de congé. Bonne journée à toi.

Et il s'éloigne, espérant qu'il n'a pas compris ce qu'il marmonnait.

— Pourquoi donc ai-je envie de revoir ce petit bout de femme? s'interroge-t-il. Je ne l'ai vue que quelques minutes.

* *

" Ce petit bout de bonne femme ", a-t-il pensé. Il est vrai que comparé à son mètre quatre-vingt-dix, les cent soixante-cinq centimètres de Ninon peuvent paraître petits. Mais ce sont cent soixante-cinq centimètres parfaits. De longues jambes, une taille fine, des hanches bien rondes, une poitrine ferme et des yeux ! Mon dieu, ses yeux ! Deux émeraudes, telles deux pierres précieuses enchâssées dans un visage au teint d'albâtre, constellé de paillettes d'or. Alexis secoue la tête, espérant en faire disparaître cette vision de rêve, mais rien ne s'efface. Il lui faut en convenir et l'accepter comme une nouveauté pour lui : cette femme est entrée par effraction dans son cœur, avant qu'il puisse en cadenasser l'entrée. Elle a fait irruption dans son quotidien et voilà qu'elle l'obsède.

Grand, athlétique, il ne manque pas de charme, lui aussi. Costume toujours bien taillé, pas un poil ne dépasse de cette barbe de trois jours qu'il entretient avec soin. Ses yeux, sombres comme une nuit sans lune, observent ses concitoyens avec bienveillance et lucidité. Il attire les regards, parfois bien appuyés et sans détour, de la gente féminine. Histoire sans parole dont il a rapidement compris le sens. Bien sûr, il a connu d'autres femmes, en a fréquenté une ou deux plus sérieusement. Sans grande passion, elles n'étaient que passagères éphémères du train de sa vie et en sont descendues à la première gare Difficulté. Lui a continué son chemin. Mais cette Ninon est différente : simple, douce, attentive et belle comme un printemps nouveau quand les premières fleurs éclosent, lumineuse, solaire.

— Oh là ! Mon petit Alex, je te trouve bien

accroc à une fille que tu n'as vue qu'une seule fois ! se fustige-t-il.

Et pourtant, il ne parvient pas à la chasser de son esprit.

* * *

Nathan Maurel

* *

Résidence St Pierre

Marignane

17 juillet 2017

* * *

La maison d'un homme est son château.

Edward Coke

Installation

Nathan sort du taxi. Face à lui une résidence clôturée, offrant une architecture bizarre avec des pans de murs inclinés et des pièces comme suspendues dans le vide. Des haies de troènes l'entourent, des jardinières fleuries mettent des notes de couleur dans toute cette verdure. Elle est très avenante et calme.

– Bon, se motive le jeune homme. Allons-y. Voyons quelles autres surprises m'attendent dans ce lieu. Bât 15, j'y suis. Il remarque une porte face à lui. Ce doit être l'entrée de service, se dit-il. Je vais passer par là.

Il ouvre et débouche dans un petit couloir. A sa droite le local des poubelles, devant lui un autre accès. Il pénètre dans un vaste hall, lumineux et fleuri. Sur le mur du fond, les boîtes aux lettres. Il s'avance et constate que son nom est inscrit sur l'une d'elles. Il prend l'ascenseur

– 5ème, porte de gauche, lui a indiqué son bienfaiteur anonyme.

Il se retrouve devant une porte portant son nom gravé sur une plaque dorée. Bien qu'hésitant, il tourne la clé dans la serrure et entre.

Le hall est clair et accueillant. Deux ouvertures, l'une à gauche par laquelle il entrevoit une pièce lumineuse, l'autre à droite qui semble mener à un couloir. Toujours décontenancé, il s'avance et découvre une grande salle. Il ouvre des yeux tout grand et reste sans voix, le cœur battant. A sa droite, contre le mur, une table et quatre chaises. Sur la table, un bouquet de fleurs et des papiers ! Nathan poursuit sa reconnaissance des lieux. Un canapé et un fauteuil en tissu gris souris, face à eux un téléviseur posé sur une commode en bois beige clair, assorti à une bibliothèque et un buffet . Un table basse dans le même ton complète l'ensemble. Une grande baie vitrée donne sur une terrasse fermée par des vitres. Continuant d'avancer, il pénétre dans une petite cuisine parfaitement agencée et équipée. Rien n'y manque.

– Ce n'est pas possible, je rêve. Qui êtes-vous, généreux inconnu ? Pourquoi faites-vous tout ça pour moi ? Que suis-je pour vous ?

Tout en se posant ces questions sans réponses, il avance maintenant dans un long couloir. Une salle de bain, des toilettes et pour finir une grande chambre, elle aussi pourvue de tout le confort possible. Un grand lit, deux chevets sur lesquels trônent de jolies lampes, un dressing. Une porte fenêtre donne sur un jardin en contre-bas. Des grands pins sous lesquels sont disposés des bancs et de la pelouse. Un endroit calme qui invite au repos, à la sérénité. Toujours perplexe, il revient dans la salle et s'installe à la table pour consulter les papiers qui s'y trouvent. Il s'agit d'un abonnement à Canal+ et Canal sat, d'un autre pour un portable qu'il découvre sous les papiers. Il remarque alors une carte posée dans les fleurs.

Nathan ! Bienvenue chez vous.

Et toujours aucune signature, aucun indice pouvant le renseigner sur celui, ou celle, qui lui offre tout ce confort.

Il allume le portable, crée son mot de passe et le repose devant lui. Il reste immobile, le souffle court, le cœur battant, le cerveau en déroute, comme s'il avait couru un cent mètres.

— C'est trop à la fois. Cela cache sûrement un piège et j'y suis tombé. Je suis trop naïf ou alors ...

A ce moment, le téléphone vibre. Il décroche

— Allô, dit-il après avoir consulté l'écran où s'est affiché la mention – *appel inconnu.*

— Bonjour, Nathan, répond une voix grave et bien posée. Êtes-vous bien installé ?

— Très bien et même trop bien. *Il redevient méfiant, sa voix se fait presque menaçante.* Et puis d'abord qui êtes-vous pour m'offrir un tel endroit, un tel confort ? Que cherchez-vous à faire avec toutes ces attentions? Quelqu'un à éliminer ? Mon profil vous intéresse ? *Il devient sarcastique.*

— Rien de tout cela, soyez rassuré !

— Je ne suis pas rassuré. Vingt ans de cage m'ont appris la méfiance, la prudence. Je ne suis plus ce jeune perdreau qui s'est fait descendre en plein vol, quand il avait vingt ans, faute de ne pas s'être battu. Que me voulez-vous ?

— Vous aurez en temps et en heure, toutes les réponses à vos questions. Pour le moment, profitez de tout ce que vous avez. Reposez-vous quelques jours. Lundi vous vous rendrez au Centre Leclerc, près de la résidence. Vous avez rendez-vous avec mon ami, le directeur, M. Roche. Il est au courant de votre passé et se propose de vous offrir un poste dans son établissement.

— Encore une fois pourquoi faites-vous tout ça pour moi. Qui suis-je pour vous ? Bon sang, dites quelque chose. J'ai l'impression d'être tombé dans un piège qui va se refermer sur moi et me renvoyer à la case prison.

— N'ayez aucune crainte. Il n'y a aucun piège. Bien au contraire. Soyez rassuré. Je dois finaliser quelques détails. Je vous contacte bientôt. En attendant, profitez bien de votre liberté retrouvée.

Et son interlocuteur raccroche. Nathan reste un instant l'oreille collée au mobile, maintenant muet. Il secoue la tête comme pour en chasser toutes ses interrogations. La voix de cet homme lui a semblé franche et amicale. Alors...

– Oh ! Et puis zut ! pense-t-il à haute voix. Que peut-il m'arriver de plus dur ou de plus terrible que vingt ans de taule ? Encore vingt autres années ? Je vais profiter de tout ce confort et de toute cette générosité. Je saurai toujours assez tôt de quoi il retourne.

Il se lève, saisit son sac laissé dans l'entrée. Il s'approche de la bibliothèque et y place tous ses livres et ses carnets. Il se recule pour voir ce que ça donne.

– Voilà qui est bien. Vingt ans de ma vie, se dit-il et si peu de choses. Vingt années consignées dans des carnets à spirale.

Il soupire pour expulser ce poids qui pèse sur son cœur, reste un moment à les regarder, à revoir la vie qui y est racontée. Il se secoue pour chasser ces terribles souvenirs, reprend son bagage et passe par la salle de bain. Il fait couler l'eau dans la baignoire puis se dirige vers la chambre. Il ouvre le dressing. Encore une surprise. Il y découvre des vêtements, des chaussures, enfin toute une garderobe. Il choisit un jogging, des chaussons. De retour dans la salle de bains, il se plonge dans une eau chaude qu'il a parfumée d'un extrait de lavande. Il ferme les yeux et se laisse envahir par un bien-être ignoré depuis tant d'années. Un premier bain après toutes les douches inconfortables et dangereuses de la prison, que rêver de mieux pour reprendre contact avec la civilisation, avec la vie tout simplement. Il se laisse couler dans cette eau chaude et odorante. Elle caresse son corps, l'enlace, le berce. Il s'imagine bébé flottant dans le liquide amniotique, bien protégé dans le ventre de sa mère. Il est si bien qu'il en oublie le temps. C'est une sensation de froid qui le ramène à la réalité. Son bain a refroidi. Il s'en extrait, s'enveloppe dans un peignoir de bain. Sensation de douceur et de plaisir que lui procure la caresse de l'éponge. Il savoure l'instant. Le miroir au-dessus du lavabo lui renvoie son image, celle d'un homme encore jeune mais que la vie a malmené, broyé, rendu amer, méfiant et désabusé. Il ne croit plus en rien. Il regarde avec pitié ce reflet de lui-même que lui renvoie la glace.

– Voilà donc ce que je suis devenu. Un être usé par toutes ces heures, ces jours, ces mois, ces années qui ont fui, par tout ce temps qui est passé sans moi.

Il déteste ce qu'il voit ! Ce n'est pas lui. Il découvre un homme qui lui ressemble mais ce n'est plus lui. Aura-t-il la force, la volonté, l'envie de suivre un nouveau chemin ? Parviendra-t-il à s'intégrer dans ce monde qu'il va découvrir ? Tout jeune, il avait des ambitions, des rêves .

Où sont-ils aujourd'hui tous les projets que l'on fait à vingt ans quand la vie s'ouvre devant soi, pleine d'espoir ?

Où est-elle cette jeunesse quand elle est fière de son parcours et d'une promesse d'existence à dévorer à pleines dents ?

Il serre les mâchoires à s'en faire mal. Il se rebelle. Non, il ne se laissera pas terrasser par la fatalité. Il va se battre et reconquérir ce qu'on lui a volé en ce mois de juillet, il y a de si nombreuses années. Il ose un sourire toujours triste mais ses yeux reflètent sa détermination.

Une crampe d'estomac lui rappelle soudain qu'il a faim. En prison, les repas étaient servis à midi et cette habitude s'est imprimée dans son corps et dans son cerveau. Il enfile le jogging et les chaussons qu'il a préparés et se dirige vers la cuisine.

– Si mon bienfaiteur inconnu est allé jusqu'au

bout de ses attentions, le frigo doit être plein ainsi que les placards de la cuisine.

En effet, rien ne manque. Beurre, fromage, tomates, salade, jambon, pâté et même un poulet rôti. De l'eau et une bouteille de vin rosé. Dans les meubles qu'il ouvre, des pâtes, du riz, des conserves de légumes, du pain de mie et tout ce qu'il faut pour cuisiner. Il est, à nouveau, surpris et pensif. Rien ne manque à son confort.

– Qui êtes-vous donc, Monsieur mon inconnu?

Pourquoi toutes ces attentions à mon égard ? J'ai hâte de vous rencontrer et de découvrir les raisons de cette gentillesse.

Il se prépare un club-sandwich, ouvre la bouteille de vin, s'en sert un verre, pose le tout sur un plateau et s'installe sur le divan, face à la télé.

– Voyons voir comment va ce monde dans lequel je vais devoir vivre à nouveau.

Sur l'écran qui vient de s'allumer s'inscrit l'image d'une salle d'audience. Le reporter parle du procès d'une femme qui a assassiné son mari et qui risque une lourde condamnation. Il sursaute et replonge brutalement dans sa propre histoire. Il change rapidement de chaîne mais trop tard, son esprit lui fait revivre cet instant terrible qui l'a emporté hors du cycle d'une vie normale. Il ferme les yeux , laisse remonter les souvenirs, ceux d'un soir où il a perdu sa place dans la société, dans la vie simplement. Soudain, il se lève, se dirige vers la bibliothèque, observe ses carnets et en prend un. C'est plutôt un album photos qu'il ouvre avec une émotion si intense qu'il en tremble.

* *

Nathan sort de sa rêverie, replace l'album sur l'étagère, après l'avoir feuilleté. Il s'étire un moment et décide de sortir faire un tour dans la résidence et pourquoi pas au supermarché voisin. Il est temps de remettre ses pas dans ceux des autres humains. Il lui faut tester sa réaction, son adaptation à cette vie qui s'agite autour de lui et dont il a été si longtemps privé.

* * *

Alexis Chastaing

* *

Retour à La Maison
Gardanne

26 mai 2017

* *

La justice est la loi du plus faible.

Joseph Joubert

La révélation

Vendredi 26 mai 2017

Alexis s'éveille lentement. Sa nuit a été agitée, peuplée de rêves dans lesquels évoluaient, à tour de rôle, Julien Payet, Nathan Maurel et la jolie Ninon. La veille, il avait fait des recherches sur le meurtre, avait lu les articles de presse que le Méridional – aujourd'hui La Provence – et la Marseillaise, les deux quotidiens locaux, lui avaient consacrés. Il n'y avait rien trouvé de plus que les comptes-rendus trouvés dans le dossier. Comme si ce crime avait été passé sous silence, considéré comme un fait divers banal, sans intérêt aucun. Cette découverte l'avait pour le moins surpris et lui avait laissé une impression bizarre, comme quelque chose d'inaccompli, de bâclé.

Il s'étire, se lève et se dirige vers la salle de bain. Sous une douche brûlante, il se prélasse un moment puis finit par un jet glacé qui le réveille complètement. Il est prêt à se rendre à Gardanne et a hâte de retrouver Julien et son mystère. Drapé dans un peignoir de bain à l'éponge moelleuse, il rejoint la cuisine, se fait couler un café bien fort, comme il l'aime. Son breuvage fumant entre les mains, il sort sur son balcon. Il aime cet endroit de la ville. Avec ses premiers honoraires, il a acquis ce petit appartement dans un immeuble, non loin du palais de justice et du cours Mirabeau qu'il peut rallier en prenant le passage entre les immeubles, - une traboule aixoise - . Modeste mais confortable, il s'y sent bien, appréciant sa tranquillité. De son observatoire, au troisième étage, il regarde la ville qui s'éveille. Ici le bar qui lève son rideau, le parfum du pain qui cuit dans la boulangerie voisine et qui monte vers lui, là les commerçants qui installent leurs étals pour le marché du jour. Des voix joyeuses lui parviennent dans un brouhaha inaudible mais enjoué. Les arbres de la place se couvrent de feuilles encore tout juste sorties de leur cocon, douces et duveteuses.

— Il fera beau aujourd'hui, pense-t-il, en regar'

-dant le ciel bleu, sans nuage et les premiers rayons du soleil qui jouent dans le feuillage doucement agité par une brise légère et parfumée.

* *

Il est dix heures précises lorsqu'Alexis se présente à La Maison. Il est saisi par la même sensation de paix et de sérénité que lors de sa première visite : le calme de l'endroit, les murmures, les rires discrets, les notes d'une musique qui meublent le silence.

— Bonjour, Maître, dit une voix dans son dos

— Oh! Bonjour Ninon. Je ne vous avais pas

entendue.

La jeune infirmière ne porte pas de blouse ce matin mais une jolie robe fleurie qui lui sied à merveille et souligne discrètement les courbes harmonieuses de son corps.

– C'est mon jour de repos. Mais je suis venue pour aider Julien. Peut-être aura t-il besoin de moi après votre entretien.

– C'est très gentil de votre part. Puis-je vous demander une faveur ? interroge l'avocat.

– Avec plaisir, Maître, si je peux y satisfaire.

– Voulez-vous m'appeler Alexis ou Alex, comme il vous plaira.

– Si vous le souhaitez, Maîtr... Alex, répond Ninon en rougissant.

Dieu que cette femme est belle, pense Alexis. Je vous remercie Julien de m'avoir permis de la rencontrer.

Pendant tout ce temps, il a gardé sa main douce et fraîche dans la sienne. Il se secoue mentalement.

Il se ressaisit rapidement, ne laissant rien paraître de son trouble.

— Comment va M. Payet ? s'informe-t-il.

— Bien. Ainsi que je vous l'ai dit au téléphone, il a repris quelques forces et semble soulagé.

— Soulagé, dites-vous ?

— Oui. Depuis votre visite, il a changé. Il est serein, calme. Il ose parfois un sourire ou un bon mot. Il passe de longs moments à rédiger un dossier. Il semble avoir retrouvé un peu d'envie de vivre.

— Je suis très heureux si j'ai pu contribuer à lui redonner un peu de joie dans cette vie qu'il va quitter bientôt.

— Alex, vous êtes en grande partie l'auteur de ce regain de vitalité. Suivez-moi. Il vous attend dans le patio.

— Merci, Ninon. Dites-moi, avant que je le

rejoigne. Me feriez-vous le plaisir de vous offrir un verre après mon entretien avec Julien ?

– Avec plaisir, répond Ninon, rougissante.

Ils échangent un sourire et la jeune femme laisse Alexis rejoindre le vieil homme.

– Bonjour, M. Payet. Comment allez-vous ?

– Bonjour, Maître. Comme vous le voyez, je me

sens un peu mieux. Une pause agréable dans le dernier parcours de ma vie, répond Julien Payet. Et ceci grâce à vous.

– Vous m'en voyez ravi.

Alexis prend place à la table de jardin sur laquelle est posé un gros dossier, serré dans un porte-document fermé par un petit cadenas.

Julien a placé ses mains dessus et regarde Alexis droit dans les yeux.

– Ce que je vais vous révéler est consigné dans

ce fichier. J'espère qu'il vous permettra, après son étude, de faire rouvrir l'enquête sur la mort de cette jeune fille et à réhabiliter ce pauvre jeune homme.

– Je vous en fais la promesse. S'il y a matière à une telle révision, je me ferai l'avocat de ce condamné par erreur.

– Avant de tout vous raconter, je voulais que vous soyez certain que mon esprit est parfait état de marche. Il sourit.

– Mais je n'en ai jamais douté, le rassure Alex.

– Vous sans doute mais qu'en sera-t-il du procureur et du juge que vous devrez convaincre. Aussi ai-je demandé au psychologue de La Maison d'en attester et voici son compte rendu de séance.

Julien pousse vers Alexis un feuillet. A l'en-tête du psy et daté du 15 juin 2017, il peut y lire toutes les explications médicales de son entretien. Le praticien certifie que M. Julien Payet, âgé de soixante-quinze, jouit de toutes ses facultés mentales.

— Vous avez raison. Ce certificat sera un atout supplémentaire pour moi.

— Bien ! Puisque nous sommes d'accord, je vais vous raconter mon histoire qui vous dira pourquoi j'ai lancé ce SOS.

* * *

Julien Payet

* *

La vérité révélée

Le contraire de la vérité est la fausseté : quand elle est tenue pour vérité, elle se nomme erreur.

Emmanuel Kant

* * *

Avec la parole nue revient toute la vérité.

Avec la vérité revient toute l'âme.

Christian Bobin

Julien Payet raconte

Julien se cale confortablement dans son fauteuil, arrange le plaid sur ses jambes. Il ferme un instant les yeux, inspire profondément. Le calme du patio et, près d'eux, le chant de la petite fontaine, apaisent les tensions.

— Alexis – *l'avocat lui a demandé de ne plus l'appeler maître* – tout ce que je vais vous raconter est scrupuleusement consigné dans ce dossier. Pour commencer une petite biographie, la mienne.

* *

Je me nomme Julien Payet, je suis né le 29 Mars 1942, à St Denis de la Réunion.

Mes grands-parents avaient quitté leur belle île et rejoint la métropole pour y trouver du travail. Mon père, Lyam Payet est né à Paris où il a fait ses études. Il était professeur de philosophie. Il a rencontré ma mère, Anna, dans le lycée où il enseignait. Elle était prof de SVT. Après quelques années passées dans la capitale, fatigués de devoir courir pour tout, ne pouvant plus supporter de voir leur vie dévorée par leur course incessante à la poursuite du temps, ils décidèrent de postuler pour une affectation outre-mer. C'est ainsi qu'ils s'installèrent à St Denis et c'est là que j'ai vu le jour. A la fin de mes études, je décide de devenir médecin. Je suis donc rentré en France où j'ai rejoint la faculté de Montpellier et lorsqu'il a fallu choisir une spécialité, je me suis tourné vers la médecine légale. Pourquoi ce choix, me direz-vous? Je n'en sais rien. Parfois tout jeune encore, notre sélection est définie. Parfois c'est sur un coup de cœur - ou de tête – que nous choisissons une orientation. Pour ma part, je n'en sais rien. Peut être avais-je trop regardé les feuilletons policiers américains. Quoi qu'il en soit, je me suis dirigé vers cette discipline et ne l'ai jamais regretté.

Julien s'arrête un moment pour reprendre sa respiration et souffler un peu.

— *Tout va bien, s'inquiète Alexis.*

— *Oui, oui. Je fais juste une petite pause. Il y a longtemps que je n'ai plus autant parlé.*

Alexis sent passer dans sa voix qui se casse toute l'émotion qui le submerge à cette évocation.

— *Voulez-vous vous arrêter ? demande-t-il*

— *Non, ça ira. Malgré les années de silence, il m'est toujours aussi difficile de parler d'eux. Il se racle la gorge et poursuit.*

Il reprend le cours de son récit.

* *

Je vous passerai mes années de travail à l'Institut Médico-légal. Pour en venir à cette jeune fille, Léane Chauvin. Mes premières constations, sur le lieu du crime, me font penser à une mort par strangulation. Mais, comme je le précise au commandant Santoni, seule une autopsie confirmera ou infirmera cet examen. Je procède comme à mon habitude avec sérieux et attention.

Je rédige donc mon compte-rendu dans le sens d'une mort par strangulation et transmets mon rapport au juge d'instruction. Pourtant quelque chose me dérange. Avant de rendre le corps aux parents, je décide de revoir mes conclusions. J'ai, en m'approchant de cette jeune fille, une impression bizarre. Il me semble que ce corps inerte placé devant moi, me souffle :

— Tu as loupé quelque chose, un petit détail.

Écoute-moi ! Vérifie encore une fois.

C'est à la fois irréel et inquiétant ! C'est la première fois que j'éprouve ce sentiment bizarre de passer à côté de quelque chose. Est-ce la pression du juge et du procureur général pour avoir les résultats rapidement qui m'ont fait expédier mes recherches ? Une force surprenante me pousse à refaire un dernier examen de la jeune fille.

– Les marques de strangulation ont bien été faites anté-mortem, la peau sous ses ongles est bien celle de Nathan Maurel. Qu'est-ce que j'ai loupé ?

Je tourne autour de la table, cherchant ce qui m'a échappé. Je prends un tabouret et m'assois près d'elle. Soudain sa chevelure attire mon attention. Un souvenir refait surface. Lorsque Paul et Églantine Chauvin, les parents, sont venus reconnaître leur fille, sa mère s'est étonnée de voir ses cheveux défaits et tout raides alors que, pour le bal, elle les avait assemblés en un chignon bouclé dans lequel elle avait piqué un papillon en fine dentelle bleue, comme sa robe. Ce détail me revient à l'esprit. Je me penche et découvre une mèche brune humide.

Curieux, me dis-je. Pourquoi ses cheveux sont-ils raides alors qu'ils étaient bouclés ? Où est passé le papillon bleu ? Il n'est pas dans les affaires de Léane.

Bien que je l'aie déjà examinée, je passe mes mains à l'arrière de son crâne et je sens sous mes doigts quelque chose de bizarre. Dans l'épaisseur de la chevelure, je sens comme des grains de sable puis une petite plaie. Pourquoi n'ai-je rien senti la première fois ? Je tourne la tête de la morte, écarte les cheveux et découvre une blessure bien propre et qui semble ne pas avoir saigné. De plus en plus étrange, je fais une radio du crâne et découvre ce qui m'avait échappé. La mort n'est pas due à la strangulation mais à ce choc au bas du crâne. Elle a succombé à une hémorragie cérébrale.

Mais ce qui m'interpelle surtout, c'est l'absence de sang. Je rédige un nouveau rapport dans lequel j'explique ma découverte et demande au juge de ne pas tenir compte du précédent.

    — Cette découverte aurait dû intriguer le juge

et lui faire demander un complément d'enquête, non ? demande Alex

    — C'est ce qui aurait dû être fait, mais à partir

de là, l'affaire a pris une toute autre direction.

    Comme il va poursuivre son histoire, Ninon apparaît.

    — C'est l'heure du repas, Messieurs. Je vous

conduis à la salle à manger

— Je vous raconte la suite après. Je vais me reposer un peu.

— Êtes-vous fatigué ? interroge l'avocat.

— Un peu mais cet entracte va me redonner des forces.

Lorsqu'ils regagnent le patio, **Julien** se sent mieux. Il a dégusté son repas avec appétit et la conversation a été légère et gaie. Ninon qui a déjeuné en leur compagnie, est agréablement surprise de voir son patient en si bonne condition. Elle regarde Alexis et ses yeux parlent pour elle. Le jeune homme y voit un remerciement muet.

Tandis qu'ils s'installent, la jeune femme s'est éloignée. Elle revient vers eux avec un plateau.

— Un bon café pour clore ce savoureux repas ?

— Avec plaisir, répond Alexis en lui adressant

un regard qui ne cache rien de ce sentiment bizarre qu'il ressent en sa présence et qui la fait rougir une fois encore.

— Je vous laisse à votre conversation. Appelez-moi dès que vous avez terminé ou si vous êtes fatigué.

— Merci Ninon ! dit Julien. Vous êtes mon ange gardien. A tout à l'heure.

— Vous avez là une bien belle personne, fait remarquer Alexis

— En effet. Elle est mon rayon de soleil dans les derniers jours de ma vie. Qu'elle en soit récompensée comme elle le mérite. Mais revenons à mes révélations.

— Vous m'avez dit avoir rédigé un nouveau rapport que vous avez confié au juge d'instruction. Je pense qu'il a dû rouvrir l'enquête au vu des vos dernières conclusions. Ai-je tort ?

– Il n'en a rien été parce que j'ai dû renoncer à le joindre au dossier.

– Comment ça, renoncer ? Alexis est stupéfait.

– C'est mon côté obscur, celui dont je vais vous parler maintenant. Surtout ne m'interrompez pas ou je n'aurais pas le courage d'aller jusqu'au bout.

– Je vous écoute.

* *

Le vieil homme a fermé les yeux. L'avocat voit se dessiner sur son visage une douleur profonde.

– Va-t-il avoir la force d'aller jusqu'au terme de ses confidences ? Alexis s'inquiète.

Mais Julien ouvre les yeux et poursuit

* *

Durant mes années d'internat, j'ai découvert un jeu de cartes subtil et exaltant : le poker. Connaissez-vous ce jeu ? demande-t-il. Ce jeu qui vous fait courir des frissons dans le dos quand vous découvrez vos cartes **une à une**, ce jeu qui vous fait rechercher parmi vos adversaires celui qui bluffe, caché derrière des lunettes noires pour masquer ses yeux, un jeu terrible auquel on devient vite accro. C'est ce qui m'est arrivé. Au début, nous jouions pour des haricots ou des cigarettes. Devenu médecin, je me suis laissé entraîner dans un club clandestin où se retrouvaient des avocats, des juges, des chefs d'entreprises, enfin que du beau monde. Je me suis mis à jouer pour de l'argent. De petites sommes au début. Voyant que je gagnais, j'osais chaque fois un peu plus. Bien sûr, j'ai commencé à perdre et d'une partie à une autre, je suis devenu une proie pour les tenanciers de la salle, ma dette envers eux prenant des proportions abyssales.

Un soir, sur le parking de l'hôpital, je suis abordé par un homme sorti de **nulle part**. A son l'allure inquiétante, je reconnais alors un des gardes du club de poker.

— Tu vas, me dit-il d'une voix qui n'admet pas

de discussion, détruire ton second rapport sur l'autopsie de la jeune Léane Chauvin

— Et pourquoi je ferais ça ?

— Parce que je te le demande, parce que tu nous dois beaucoup de fric, que tu n'as pas d'autre choix et que si cela ne suffit pas, regarde.

Et de me mettre sous le nez, une photo de mes deux garçons et une autre de ma femme. *Ils sont beaux tes enfants et ta femme, mignonne aussi.*

Je suis atterré. Je suis piégé. Il revient à la charge

— Tu dois faire un choix : le dossier ou eux. Tu as jusqu'à demain pour te décider.

Il disparaît comme il est venu. A son accent, je venais de comprendre que j'étais tombé entre les mains du milieu corse et qu'il ne me lâcherait pas.

J'ai donc cédé à cette menace et retiré le second compte rendu du dossier d'instruction. Mais, prudent, j'en ai conservé une copie. Puis j'ai tout confessé à ma femme, à mes garçons et je les ai fait sortir de ma vie sous prétexte que je n'étais plus en état de les protéger. Voilà. Cette fois vous savez tout.

Alex reste un long moment sans pouvoir parler, envahi par un trouble qui lui coupe la parole. Il se ressaisit et demande

— Nathan Maurel a donc été condamné pour un crime qu'il n'avait peut être pas commis ?

— Sans l'ombre d'un doute puisque aucune autre investigation n'a été ordonnée.

— Y-a-t-il eu une analyse de sang du prévenu ?

— Oui. Le soir du meurtre, j'avais fait un prélè--vement sanguin afin de pouvoir comparer son sang avec celui retrouvé sur la robe. Cette analyse n'a pas été prise en compte.

— Et que vous apprenait-elle ?

— La présence d'un somnifère puissant. La quantité retrouvée dans cet échantillon montrait avec certitude que ce jeune homme avait été drogué. Compte tenu de cette découverte et de l'heure de la mort établie entre minuit et minuit trente, il ne pouvait être en état d'assassiner son amie. Vous trouverez ces résultats dans le dossier.

− Pourquoi avoir attendu tant d'années avant de révéler toutes ces failles ?

− Parce que le milieu me tenait toujours et maintenait sa menace sur ma famille.

− C'est à cause de ce chantage que vous vous êtes coupé d'eux ? demande Alexis

− Oui. J'avais trop peur qu'ils s'en prennent à eux. Je pensais que le procès terminé, ils me laisseraient en paix mais ils ont continué leur pression. Voilà vous savez tout et vous avez le dossier complet.

− J'ai entre les mains une véritable bombe. Avez-vous eu des soupçons qu'en au commanditaire de ces menaces?

− Je n'en voyais qu'un évoluer dans ce milieu :

le procureur général, Antoine De Vecchio, corse d'origine. Mais pourquoi ? Qu'avait-il à voir avec ce meurtre ?

* *

Le silence s'établit une fois encore, Julien reprenant son souffle et calmant les battements de son cœur, Alexis ingérant toutes les informations données et une fois de plus se préparant à élucider cette histoire.,

— Pourrez-vous faire rouvrir l'enquête après toutes ces années? demande Julien,.

— Cela va dépendre du procureur auquel elle

sera confiée mais je pense que oui et j'y mettrai tout mon savoir et ferai jouer mes relations.

— Merci Alexis, merci mille fois. Je vais pouvoir

quitter ce monde plus serein. *Il pousse un soupir si profond que le jeune avocat y ressent la libération de son âme..* Vous direz à Nathan **tous** mes remords de n'avoir pensé qu'à ma famille. J'ai tellement de regrets et de honte de lui avoir volé vingt ans de sa vie. *Il a des larmes au bord des yeux..*

— Ne vous accusez pas davantage. Si vous le

souhaitez et si ce jeune homme en est d'accord, je vous l'amènerai. Qu'en pensez-vous?

— S'il consent à me rencontrer, je pourrais ainsi

lui dire en face combien j'ai mal vécu durant tout ce temps et combien je me sens responsable. murmure Julien. Voulez-vous appeler Ninon, s'il vous plaît. Je suis fatigué et j'aimerais regagner ma chambre.

Lorsque la jeune femme apparaît, Julien prend la main d'Alexis dans les siennes et lui dit

— Merci d'avoir sauvé mon âme. Tenez-moi au

courant de la suite et revenez me voir quand il vous plaira.

— Avec grand plaisir et comptez sur moi pour

tenter d'élucider ce meurtre, répond Alexis qui, déjà, établit un plan dans sa tête.

Tandis qu'elle pousse le fauteuil du vieil homme, il fait un signe à Ninon pour lui dire qu'il l'attend.

Pendant qu'il patiente dans le hall, une idée s'installe dans son esprit et cette idée porte un nom : Juliet. Juliet Maillet, son amie et juge d'instruction. Si quelqu'un peut l'aider, c'est bien elle. Lorsque Ninon revient, il lui adresse un grand sourire.

– Êtes-vous toujours d'accord pour que nous nous voyions ce soir ?

– Avec grand plaisir. Je termine mon rapport et je rentre.

– Acceptez-vous de dîner avec moi ? demande Alexis

Elle le regarde, un peu surprise

– Dîner avec vous ? Nous n'avions parlé que d'un verre ! Mais pourquoi pas ! Je n'ai rien de prévu ce soir et je suis de repos encore demain.

– Dix-neuf heures, à l'Irish Pub Four Courts, cela vous convient-il ?

— Parfait. J'adore cet endroit. Le temps de me

rafraîchir un peu et je vous y rejoins. A tout à l'heure.

Elle s'éloigne rapidement pour qu'il ne remarque pas le sourire radieux qui illumine son visage. Elle ne voit pas non plus la lumière qui s'est allumée dans les yeux d'Alexis.

— Pour une belle journée, c'est une belle jour-

-née. Il n'identifie pas encore tout à fait ce petit pincement au cœur qu'il éprouve en sa présence ni cette joie qui l'étreint. Il saisit son téléphone, recherche le numéro du pub et réserve une table en terrasse pour dix-neuf heures

* *

— Merci, Alex, merci pour cette merveilleuse

soirée. Il y a longtemps que je n'en avais pas passé une si belle.

Ninon et Alex sont au bas du Cours Mirabeau, près de la voiture de la jeune femme.

— Merci à vous aussi. J'ai apprécié cet agréable

moment,. Pourquoi dites-vous qu'il y a longtemps que vous n'avez pas passé une si douce soirée ? Vous n'avez pas d'amies avec qui sortir certains soirs ?

— Ainsi que je vous l'ai dit, je suis nouvelle dans

la région et, mis à part mes collègues de travail, je ne connais pas grand monde. Et puis après une journée à La Maison, je n'ai qu'une envie m'installer sur mon divan, fermer les yeux et souffler.

— Dur métier ? demande Alexis.

— Difficile plutôt et souvent frustrant. Je sais

pourquoi nos résidents sont là, je sais qu'il ne faut pas s'y attacher, mais ce n'est pas évident. Ils sont tellement sereins, tellement apaisés. Eux aussi savent pourquoi ils sont là, ils savent que leur vie va s'achever. Et pourtant ils acceptent avec lucidité, sans révolte de s'en aller bientôt. Ils s'effacent, s'éteignent lentement et puis, le moment venu, disparaissent sans bruit. Une bougie dont la flamme tremble encore un peu dans un dernier effort, vacille et meurt. Ce sont des instants douloureux. Pardon, Alex ! Je ne voulais pas gâcher notre belle rencontre.

Le jeune homme lui a pris les mains et les serre fort pour lui exprimer toute son admiration.

– Vous parlez merveilleusement bien de votre

métier et de votre ressenti. Surtout ne changez pas. Il y a tant d'humanité en vous.

– Vous êtes adorable de penser ainsi. Merci

encore.

– Peut être pourrons-nous renouveler l'expé-

-rience, un prochain jour ?

– Avec grand plaisir, répond Ninon. Mainte-

-nant il faut que je rentre, je reprends mon service demain matin de bonne heure. Bonne nuit, Alex et à bientôt.

— A bientôt. Sans doute nous verrons nous à ma prochaine visite à Julien.

— Avec joie.

Elle monte dans sa voiture et il la regarde s'éloigner. Encore ce pincement au cœur et cette euphorie qui ne l'a pas quitté de la soirée. Il pense :

Ne brusque les choses.

Va doucement.

Tente de saisir ce qu'elle éprouve pour toi.

Laisse lui du temps/

* * *

Juliet Maillet

Madame la Juge

Coudoux-en-Provence

27 mai 2017

* *

Sage est le juge qui écoute et tard juge.

Antoine Loisel

* *

Appartement d'Alexis Chastaing

Samedi 27 mai 2017

14h 30

— Merci ! Merci ! s'exclame Alexis dans son

téléphone. Tu es un ange, je savais pouvoir compter sur toi.

— Je suis un ange, raille la personne au bout du

fil. Je viens juste de nettoyer mes ailes, elles fonctionnement de nouveau. Allez ! Arrête tes bêtises et ramène-toi avant que je ne change d'avis.

— J'arrive. *Et il raccroche.* Yes ! Yes ! murmure-

t-il en fourrant le dossier de Nathan Maurel dans sa serviette. Ne faisons pas attendre Madame la juge.

Il descend les escaliers de l'immeuble quatre à quatre, s'engouffre dans sa voiture garée dans une rue voisine et démarre en trombe. Il savoure ce moment d'excitation qui vient de s'emparer de tout son être. Il sent qu'il tient entre ses mains une histoire qui va rejaillir sur sa notoriété. Mais au final, ce n'est pas ce qui le pousse à agir. Non. Il est juste conscient qu'une vie a été volée à cet homme et il prend cette étude comme un devoir de restituer la vérité. Il le doit à Julien Payet qui s'est confié à lui mais aussi à Nathan. Il ne connaît pas encore le jeune homme mais pour ce qu'il en sait, il l'apprécie déjà.

* *

Il a fait ses études de droit avec Juliet Maillet chez qui il se rend. Leurs chemins se sont séparés lors que la jeune fille a choisi de se diriger vers la magistrature et lui vers le métier d'avocat. Comme elle officie au tribunal d'Aix, ils se rencontrent souvent, partagent quelques fois des déjeuners ou des dîners. Il connaît son intégrité, sa clairvoyance, sa pugnacité et sa franchise. Si quelqu'un peut l'aider à résoudre cette affaire, c'est bien elle.

* *

Mas des Oliviers

Coudoux-en-Provence

15 h

Alexis a réfléchi tout le long du chemin et parvient devant une magnifique propriété dont le portail d'entrée s'ouvre à son approche. Juliet a dû guetter son arrivée. Il avance dans l'allée et stoppe au pied de l'escalier menant à la porte d'entrée. Il adore ce mas construit en pierres blondes, ses fenêtres aux volets bleus, entourée de cyprès vert sombre dont les fuseaux montent vers le ciel, piquant les nuages. L'endroit est calme, apaisant. En été, dans les pins alentour, les cigales offrent des concerts gratuits. A la mort de ses parents, Juliet Maillet a hérité de cette maison tandis que, Léonard, son frère, devenait propriétaire des champs d'oliviers et du moulin à huile.

La porte d'entrée s'ouvre pour laisser passer une grande jeune femme brune, à la peau déjà dorée par le soleil.

– Elle pourrait être l'Arlésienne de Daudet ou encore Mireille de Frédéric Mistral, pense Alexis.

Vêtue d'un jean et d'un T-shirt au nom d'une université californienne, elle l'accueille avec ce sourire merveilleux qui monte jusqu'à ses yeux et les fait briller de mille paillettes. Longtemps il en a été amoureux mais, après quelques mois de relation, ils se sont aperçus qu'ils étaient incompatibles et se sont quittés bons amis.

– Salut, toi, dit-elle en lui faisant la bise.

– Salut, répond Alexis. Merci de bien vouloir m'aider.

– Viens, entre.

Ils pénètrent dans une pièce immense qui s'ouvre sur une terrasse couverte et un jardin luxuriant. L'atmosphère est chargée du parfum entêtant du jasmin qui court sur un treillis.

– Installons-nous sur la terrasse. Il y fait délicieusement bon. Le printemps est sublime cette année.

– En effet. Il y a longtemps que nous n'en

avions pas eu un si doux. Il répond mais elle le sent ailleurs.

– Bon, je comprends. Tu n'es pas là pour parler

du beau temps. Elle le convie à s'asseoir dans un confortable fauteuil de jardin. Vas-y ! Raconte.

– Je vais te faire un rapide résumé avant de te

montrer le dossier dans sa totalité.

Il expose rapidement et de manière très précise, les tenants et les aboutissants de l'histoire de Julien. Elle écoute avec attention. Il sent son intérêt monter au fur et à mesure de son récit. Il se souvient de toutes ses mimiques lorsqu'il lui parlait d'une affaire qu'il devait plaider : ses yeux qui se plissent, sa bouche qui s'étonne, ses mains qu'elle serre, ses jambes qu'elle croise et décroise comme si sa position assise était inconfortable. Et puis le silence qui suit son intervention. Elle est perdue dans une réflexion qu'il sait intense. Elle le fixe de son regard sombre dans lequel une petite flamme vient de s'allumer. Alexis attend.

– Oups ! s'exclame-t-elle enfin. C'est de la dynamite ton dossier. Si tout ce que tu m'as exposé se trouve corroboré par des pièces officielles, il va y avoir le feu au tribunal.

– Tout ce que je t'ai dit s'appuie sur des notes précises, des examens certifiés.

– Je prends, dit-elle, en tendant la main vers la chemise qu'Alexis a sortie de sa serviette.

– Merci Juliet. Je savais que, si quelqu'un était capable d'arriver à revoir cette affaire, c'était bien toi.

– Bien mais ne crie pas encore victoire. Je

vais examiner ce dossier avec la plus grande attention, me faire une idée de cette histoire et voir ce qu'il y aura lieu de faire.

Elle commence à tourner les pages quand soudain elle bloque sur un nom.

— Le procureur général était Antoine De Vecchio ?

— Oui, pourquoi, tu le connais ? s'informe Alex.

— Non ! Il n'exerçait plus quand j'ai débuté mais j'ai entendu des histoires à son propos et pas piquées des hannetons, tu peux me croire.

Il sent dans sa voix une excitation encore plus présente.

— Écoute, lui dit-elle, en refermant la chemise.

Je te promets de l'étudier avec attention. Je suis en vacances pour une semaine. Je vais m'y atteler dès demain. Je te tiens au courant. Et si maintenant tu me parlais de toi ! Ta vie, tes amours ?

— Ma vie est toujours la même, mes amours

pour le moment sont au point mort, enfin...

— Tu as trouvé la perle rare que tu recherches ?

Raconte, vil cachottier. Elle rit, de ce rire cristallin qui l'avait séduit.

Ils rient tous les deux et l'après-midi se poursuit sur le ton du badinage comme deux amis qu'ils sont et qui se confient leurs petits secrets sans crainte.

— Il est temps que je rentre, dit Alexis en se

levant. J'ai une audience importante lundi. Il me faut revoir ma plaidoirie.

— Toujours aussi professionnel, mon Alex. C'est

ce qui fait ta valeur. Allez, file, lui dit-elle en le raccompagnant à sa voiture. Je t'appelle dès que je me suis fait une idée précise de ton histoire.

— Merci.

Une bise sur la joue de son amie, l'avocat s'installe dans sa voiture et s'éloigne en agitant la main. Il est heureux, il sait qu'elle va se plonger dans les papiers qu'il lui a laissés, s'en imprégner, les disséquer pour en tirer tout ce qui peut l'être. Il la connaît trop bien pour savoir qu'elle ne laissera rien passer et que sa conclusion sera sans appel.

Appartement de Nathan

Résidence St Pierre
Marignane

* *

17 juillet

17h 30

* *

A peine la porte de l'appartement franchie, Nathan se laisse choir sur le canapé. Vite...

Calmer les battements de son cœur

Laisser l'étau qui enserre ses poumons, se dissiper

Reprendre son souffle, lentement, tranquillement.

Respirer enfin.

— Dieu que le monde a changé, dit-il tout haut.

Je l'ai vu se transformer au fil du temps mais sur un écran télé. La réalité est bien au-delà de tout ce que j'ai pu imaginer.

Il ferme les yeux et, le dos bien calé contre les coussins du divan, il revit sa première sortie liberté.

Il marche le long du trottoir. Pour la première fois depuis tant d'années, il n'y a aucun barbelé, aucun mur sans fin, aucune limite à son regard. Pourtant il est effrayé. Le flot des voitures qui circulent à trop grande vitesse, lui semble-t-il, le bruit qui tranche avec le silence de la cour de promenade, tout l'affole.

Il presse le pas et s'engouffre dans l'hypermarché. Encore une fois, il est pris à la gorge par l'immensité du lieu, l'intensité de la lumière, la musique, les rayons débordant de produits et toute cette agitation autour de lui. Il crispe ses doigts sur la barre du chariot, il s'y cramponne. Effaré, il découvre un autre univers. Ici une femme pressée qui court d'un rayon à l'autre, prend un produit, le jette dans son caddie et repart toujours sur le rythme endiablé d'une course poursuite. Là, un homme nonchalant, hésitant, qui semble traîner sa misère, sa vie sans éclat, sans piment, sa vie banale et sans relief. Et là encore, cette mère de famille, enceinte jusqu'aux yeux, affublée de deux marmots geignards et turbulents. Ils courent autour d'elle, se chamaillent, pleurnichent pour avoir l'un des biscuits au chocolat, l'autre des beignets aux pommes. Il fixe cette pauvre femme et peut lire sur son visage toute sa fatigue, toute sa renonciation, son épuisement.

— Elle a renoncé, depuis longtemps, à essayer

de calmer ses petits monstres, pense-t-il. Je crois même qu'elle a renoncé à tout. Même à exister. Pauvre femme, comme je la plains.

C'en est trop pour lui. Il fait rapidement demi-tour et retourne se réfugier dans son appartement.

Après quelques instants pour calmer les battements de son cœur et réguler sa respiration, il se lève, se dirige vers la bibliothèque et en extrait l'album photos qu'il feuilletait avant de sortir pour sa promenade.

Il l'ouvre sur ses genoux et un sourire triste se dessine sur son visage. Sur la première page est collée une photo de Josette, sa maman. Il la caresse du bout des doigts.

— Comme tu étais belle, ma douce maman,

murmure-t-il en regardant ses yeux si clairs, son sourire lumineux. Quelle grâce tu avais ! Comme tu me manques !

Sur la page suivante, il a collé une citation qu'elle avait trouvée dans un magazine. Elle l'avait recopiée de sa belle écriture toute en douceur et calligraphiée avec élégance. Elle la lui avait donnée lors d'un parloir, parce que les mots, écrits par un anonyme, collaient parfaitement à ses sentiments de mère et à la confiance qu'elle avait en lui..

* *

Mon fils

N'oublie jamais que je t'aime.

La vie est remplie de bons

et de mauvais moments.

Apprends de toutes tes expériences.

Sois l'homme que je sais que tu peux être.

N'oublie jamais combien je t'aime et combien je crois en toi. Tendres baisers.

Ta Maman

Elle croyait en lui, cette mère courage. Toutes les semaines, durant plusieurs années, elle avait pris le bus et s'était présentée au parloir du mardi. Elle l'entourait alors de son amour inconditionnel, exclusif. Elle lui insufflait une partie de sa volonté, de sa certitude que la vérité serait découverte et, qu'un jour, il serait innocenté et réhabilité. A chaque visite, elle lui apportait des photos de lui, seul, avec ses camarades, avec elle. Ils en discutaient se rappelant ici ou là quelques moments privilégiés, quelques instants joyeux. Elle les avait datées et lui les collait dans son album. Les soirs de doute, d'amertume ou de désespoir, il le feuilletait, revivant ces périodes d'insouciance et de bonheur.

Il continue à tourner les pages et arrive sur cette lettre qui lui avait déchiré le cœur et fait couler ses larmes. Josette écrivait

* *

Mon Nathan,

Je ne viendrai pas mardi, pour le parloir et j'en suis profondément chagrinée.

Je dois te confesser quelque chose, quelque chose dont je ne t'ai jamais parlé. Je ne voulais pas ajouter de la peine à celle que tu éprouves déjà, enfermé entre ces quatre murs sordides.

Voilà, mon cœur. Demain, je déménage, je quitte Aix, le Jas de Bouffan et mon emploi à la supérette.

Pourquoi, vas-tu te demander ? Tout simplement parce que mon patron ne veut pas de la mère d'un assassin dans son commerce. Il y a aussi les clients, ceux qui me regardent d'une drôle de manière et tous ceux, avec qui j'avais de bonnes relations, qui m'évitent, se détournent de moi. Supporter ces reproches muets m'est devenu insupportable. J'aimerais mieux qu'ils me disent en face, leur façon de penser. Mais tu connais les gens, trop pleutres pour oser. J'ai tenu autant que j'ai pu mais la cohabitation devenait de plus en plus dure à vivre.

Je vais m'installer à Trets. J'ai trouvé un emploi dans une boulangerie, un petit appartement, le tout sans difficulté. Comme nous n'avons pas le même nom, ici je suis tranquille. Les gens sont charmants, agréables et souriants. Je t'avoue que je revis et que j'ai retrouvé un peu de gaîté. Je recommence à vivre. Mais tu me manques tellement.

Je t'aime, mon grand. Nous nous verrons mardi prochain.

En attendant de te serrer dans mes bras, je te redis que je t'aime.

Les bisous de

Ta maman qui t'aime.

* *

Il se souvient avoir pleuré pendant de longues minutes, n'arrivant pas à endiguer ce flot de rage et de frustration. Gaspard avait entouré ses épaules d'un bras affectueux et laissé se tarir sa révolte.

— Tu imagines ce qu'elle subit par ma faute,

avait-il murmuré entre deux sanglots

— Ta mère est une femme solide. Elle t'aime et

ferait n'importe quoi pour toi. Changer de ville est une bonne chose pour elle ! Ne plus avoir à soutenir les regards de ces gens, va lui redonner de la sérénité et du courage. Allez, petit, calme-toi ! Je suis certain que la prochaine fois que tu la verras, elle sera apaisée et souriante.

Et c'était vrai. Elle arriva avec un sourire lumineux, elle semblait reposée, détendue. Nathan en fut rassuré.

* * *

Il continue sa lecture. Sur les photos suivantes, il a dix-huit ans. Il vient de terminer sa première année à la faculté de droit. Ici il est avec Léane. Ses yeux s'emplissent de larmes en revoyant, souriante, celle qui était sa petite sœur de cœur et qu'on l'a accusé d'avoir assassinée. Les clichés suivants sont à leur tour terribles à regarder. Il est seul devant une tombe couverte de fleurs. Il vient d'enterrer sa maman. Près de lui se tiennent deux gardiens. Le connaissant bien, ils ne l'ont pas menotté. L'un a même accepté de prendre une photo pour lui.

Il fait un bond dans le temps. Emprisonné depuis dix longues années, il a vu toutes ses demandes de réduction de peine refusées. C'est à cette époque que sa maman lui a confié souffrir d'un cancer à un stade avancé. Elle se savait proche de la mort et de son lit d'hôpital lui a adressé ce courrier.

* * *

Mon enfant chéri,

J'arrive au bout de cette vie qui a été la mienne. Tu as été la plus belle chose qui me soit arrivée sur cette terre, mon fils.

Quand je prononce ces deux mots, mon cœur éclate d'amour. Une fierté immense me saisit et le fait battre plus fort. Il suffit que j'entende ta voix au téléphone et même si je ne peux plus te serrer dans mes bras, je sais que tu es mon enfant, mon amour. Le bleu du ciel, le soleil, les étoiles et même la mer que j'aime tant, ne peuvent égaler cette immense joie de pouvoir prononcer cs simples mots : MON FILS.

Continue de te battre contre l'injustice. Sois patient et sérieux, ton heure viendra. De là où je vais, je veillerai sur toi. Rappelle-toi toujours combien je t'aime.

Ta maman.

* *

Une fois de plus l'émotion l'envahit. Il caresse une dernière fois la photo de sa mère, referme l'album et se laisse aller contre le dossier du divan. Un souffle léger l'entoure soudain d'une douce chaleur. Il sourit.

– Merci Maman chérie, d'être toujours présente. Je t'aime.

La Proc, la Juge
et l'Avocat

* *

Palais de justice
Aix-en-Provence

* *

31 mai 2017

9h 30

* *

Assis à son bureau, Alexis Chastaing est plongé dans l'étude d'une affaire délicate. Il a étalé devant lui toutes les pièces du dossier qu'il examine avec attention. Il a donné pour consigne à Sophie, de ne le déranger sous aucun prétexte en ne lui passant aucun appel téléphonique. Il lui faut rester concentré sur ses documents. Soudain son portable vibre. Il s'en saisit .

– Zut ! pense-t-il, je l'ai oublié celui-là.

Il l'éteint sans regarder de qui vient 'appel. Il ou elle me rappellera.

Cinq minutes se passent et cette fois c'est le téléphone fixe qui sonne. Il décroche

– Sophie, je vous ai demandé de ne pas me déranger...

– Je sais, Maître et je suis confuse mais la personne insiste vraiment. Elle dit que vous attendez son appel avec impatience.

– De qui s'agit-il ? grogne-t-il

— Une certaine Juliette qui dit être votre amie

et qu'elle a des révélations à vous faire de la plus haute importance. *Sophie est dans ses petits souliers.*

— Juliet ? Oh ! C'est vrai, s'enflamme Alexis.

Passez-la moi. Désolé de vous avoir un peu secouée, Sophie.

— Aucun souci, Maître. Je vous passe la

communication.

— Salut, Juliet. Pardon de n'avoir pas pris ton

appel. Je suis dans une histoire difficile. Que puis-je pour ton service ?

— Dis-moi ! N'inverserais-tu pas les rôles ou

bien Alzheimer a-t-il atteint ta cervelle ? N'est-ce pas toi qui m'a demandé un service ?

— C'est vrai, j'avais presque oublié – si elle

pouvait le voir, elle verrait qu'il s'est empourpré. L'affaire Julien Payet. Déjà terminée ton étude?

— Oui, et je suis passionnée. Ainsi que je l'avais supposé, c'est une bombe à retardement.

— Je le savais, je le savais ! s'exclame Alexis. Et alors ?

— Alors, tu bouges tes fesses! Nous avons rendez-vous à dix heures avec la procureure. Et elle n'aime pas attendre.

— La procureure ? Déjà ? J'arrive, j'arrive.

Il saisit sa sacoche, sa veste et sort.

— Nina, Sophie ! dit-il aux deux jeunes femmes, je m'absente pour la matinée. Je vous laisse gérer le cabinet. Ne m'appelez qu'en cas d'extrême urgence. Et vous, Nina, soyez gentille de ranger les papiers que j'ai laissés sur mon bureau.

Puis il disparaît sans attendre de réponse ni donner d'explication.

— Ben, dis-moi, il est vraiment pressé, s'étonne

Sophie en le voyant sortir sur les chapeaux de roue.

Nina hoche la tête en signe d'approbation. Elle ne l'a jamais vu dans un tel état d'excitation.

— Cela ne lui ressemble pas, murmure-t-elle.

Attendons pour en savoir plus

Il ne faut pas plus de cinq minutes à Alexis pour remonter le cours Mirabeau, s'engouffrer dans le passage secret et gravir les marches du palais. Dans le hall, il aperçoit Juliet. Toujours élégamment habillée, elle l'attend adossée à un pilier.

— Madame la Juge, la salue Alexis, en posant un

baiser sur sa joue. Toujours aussi élégante.

— Et vous, Maître, toujours aussi flatteur, lui

répond-t-elle en lui rendant son baiser.

Ils sourient tous les deux, retrouvant leur petites joutes d'antan.

— Arrêtons le badinage, intervient Juliet. Nous avons autre chose à faire, de bien plus important et grave.

— Je t'écoute, dit l'avocat redevenu sérieux. Comment as-tu obtenu, aussi vite, un rendez-vous avec la proc ?

— Madame la Procureure Ereen* Saurin, elle-même.

— La nouvelle nommée ? Comment as-tu fait ? Je me suis laissé dire qu'elle est difficile à approcher sans raison majeure.

— C'est exact, mais j'ai la chance d'être son amie.

— Son amie ? Comment ça, s'étonne Alexis. Elle

vient des États Unis et tu la connais ?

— Et bien oui ! J'ai ce privilège, fanfaronne-t-

elle. Souviens-toi. Lorsque j'ai obtenu mon diplôme pour entrer dans la magistrature, j'ai décidé de prendre une année sabbatique et je suis partie pour New York afin d'étudier de plus près leur système judiciaire.

— Je me souviens de ton départ, dit-il avec un

regret dans la voix.

— Oui, bon ! J'avais trouvé un stage dans un

grand cabinet d'avocats. Les parents d'Ereen en étaient les propriétaires. C'est là que je l'ai rencontrée. Elle était déjà une avocate réputée et redoutée.

— Mais pourquoi ce nom « Saurin » ? Il n'a rien

d'américain, il est même très provençal, fait remarquer Alexis.

— Sa mère française, originaire provençale, a

épousé un new-yorkais. Ereen, mariée à Charles Dawson, a repris le nom maternel après son divorce.

— Elle a des enfants ?

— Deux. Joshua*, vingt deux ans, étudiant à

Harvard et Katleen, étudiante à l'université de Columbia.

* *

* *Ereen, Joshua et Kathleen. Prénoms américains*

Prononcer Erine, Jochua et kétline.

– Pourquoi est-elle venue se perdre dans notre pays ? Notre justice n'a rien à voir avec la leur !

– Parce que c'est aussi le sien, qu' elle a la double nationalité. Mais aussi parce que sa mère décédée et ses enfants envolés, elle a éprouvé l'envie de revenir au pays de ses ancêtres, pays qu'elle connaît bien et où elle possède une maison non loin d'Aix. Voilà, tu sais tout ou presque.

– Et comment a-t-elle fait pour obtenir ce poste ? demande Alexis

– C'est moi qui l'ai renseignée. Nous avons gardé des liens amicaux. Je savais son désir de revenir chez nous. Alors, lorsque le poste de procureur général s'est libéré, je lui ai conseillé de postuler. Tu te doutes qu'avec un CV comme le sien, l'administration n'a pas fait la fine bouche.

Tout en bavardant, ils sont arrivés devant le bureau d'Ereen. Trois petits coups frappés et une voix grave et claire les invite à entrer.

Alexis Chastaing ouvre tout grand les yeux en pénétrant dans les lieux.

Où est donc passé le bureau austère et glaçant de l'ancien procureur, se demande-t-il ?

La pièce est claire, les lambris sombres ont été remplacés par une peinture aux tons pastels reposants. Posés sur la grande table de travail au plateau en verre, un ordinateur, une jolie lampe Lalique et un bouquet de fleurs colorées. Aux murs quelques tableaux ajoutent leurs touches de couleur. Ici et là quelques plantes vertes s'ajoutent au décor.

Il n'est pas au bout de ses surprises lorsque de derrière son bureau la procureure se lève. De nouveau, c'est l'éblouissement. La femme qui s'avance vers lui doit avoir une cinquantaine d'années. Grande, mince, elle est vêtue d'une robe bleu nuit qui met en valeur un corps de Diane. Elle porte fièrement une chevelure d'argent coupée en un carré plongeant, soulignant la courbe de ses joues. Ses yeux légèrement maquillés et d'un bleu profond, le fixent comme pour le jauger, le cerner, l'évaluer.

— Ereen, dit Juliet après lui avoir donné

l'accolade, je te présente Alexis Chastaing, avocat, l'ami dont je t'ai parlé.

— Ravie de vous rencontrer, Maître. Je n'ai

entendu que du bien de vous.

— Très honoré, Madame, de faire votre

connaissance et flatté de votre appréciation. Nous n'avons pas encore eu le plaisir de nous affronter.

— Cela viendra, j'en suis certaine. Il me sera

agréable de jouter contre vous.

Alex serre la main qu'elle lui tend, une main fine aux ongles joliment manucurés, une poignée de mains ferme et franche.

— Asseyez-vous, les convie-t-elle en s'installant

derrière son bureau. Maître, j'ai pris connaissance du dossier que vous avez confié à Juliet. Je m'y suis penchée rapidement. Si ce qu'il contient s'avère exact, nous avons entre les mains un bâton de dynamite prêt à exploser..

– C'est ce qu'il nous a semblé à Juliet et à moi.

Je confirme que tout ce que vous y avez lu est exact et certifié.

– Bien. Voilà comment nous allons procéder.

Mais avant toute chose, rien de ce que nous allons dire ne doit sortir de ce bureau. Je serai votre seule interlocutrice. Vous mènerez en commun les recherches dont je vais vous charger. Il nous faut être certains de nos allégations avant de demander à la commission de révision de ré-ouvrir l'enquête.

– C'est bon pour moi, dit Juliet

– Pour moi aussi, répond Alex.

– Parfait. Alors voilà ce que nous allons faire. Je

vais demander à consulter les minutes du procès, aux archives du tribunal. Il nous faudra aussi celui qui doit être aux archives de l'Évêché, concernant les interrogatoires du prévenu et des différents participants à cete afffaire.

— Je m'en charge,dit Juliet. Je connais une

personne de confiance qui pourra m'en faire des copies.

— Parfait. Lorsque nous aurons réunis tous ces

documents, nous nous rencontrerons dans un lieu discret pour en discuter.

— Que puis-je faire, demande l'avocat.

— Pourriez-vous nous prévoir une rencontre

avec votre informateur ? demande la procureure

— Sans difficulté. Quel jour vous conviendrait ?

Ereen Saurin consulte son agenda

— je suis libre le vendredi 9. Je n'ai aucun

audience. Je prendrai une journée de repos. Et pour vous ? interroge-t-elle

— Pour moi, c'est bon aussi, répond Juliet qui a interrogé son portable.

— Pour moi également et je suis en congé cette semaine là.

— Alors à vendredi 9, 10 h. Rendez-vous à La Maison, à Gardanne. Il serait prudent que nous nous y rendions séparément. Elle se lève, contourne sa table de travail et les raccompagne jusqu'à la porte.

— Merci, Madame la Procureure, de votre implication, déclare l'avocat. Quand vous aurez vu Julien Payet, vous n'aurez plus aucun doute. Merci aussi pour lui qui va pouvoir quitter ce monde rasséréné et en paix avec lui-même.

L'avocat et la juge s'éloignent. Juliet le regarde avec un petit sourire malicieux.

— Dites-moi, Maître ! Que signifie ces étoiles dans vos yeux et ce petit sourire béat que vous avez eu en découvrant Ereen ?

-- J'ai cru me trouver face à Meryl Streep dans « Le diable s'habille en Prada ».- Ouah ! Quelle femme.

— Mais tu ne vas pas tomber amoureux d'elle ? C'est moi ta Juliet !

— Et je suis ton Roméo!

— Je veux bien mais à condition que tu ne viennes pas chanter sous mon balcon. Tu chantes faux.

— Oh ! s'exclame-t-il, en faisant la moue. Je suis déçu, j'ai une guitare toute neuve.

Ils croisent des confrères surpris de les voir rire. Ils sont heureux de la tournure que prend leur histoire. L'adrénaline ajoute à leur euphorie.

— Trêve de plaisanterie, déclare l''avocat. Redevenons sérieux. Je vois Ninon ce soir...

— Qui est Ninon ? le coupe Juliet.

— C'est l'infirmière qui s'occupe de Julien Payet. Elle saura si son état lui permet de nous recevoir vendredi.

— Dites-moi, Maître ! interroge-elle. Serait-ce elle qui fait battre votre cœur? Vous me semblez très ému rien qu'à évoquer son nom.

— J'avoue, Madame la Juge. Cette jeune femme m'a fait ressentir quelque chose de nouveau sur laquelle je n'ai pas encore pu mettre un nom. Elle est douce, simple, intelligente et belle aussi.

— Je vous déclare coupable, Monsieur l'avocat. Coupable de commencer à aimer cette personne. Je vous condamne à ne pas la laisser s'échapper.

Bon, je te laisse. Passe une bonne soirée et à vendredi. J'ai hâte de la rencontrer.

* * *

La Maison

Gardanne

Vendredi 09 juin

* * *

Il est 9h 45, lorsqu'Alexis gare sa voiture à une centaine de mètres de la Maison qu'il rejoint à pied. Ninon, qu'il a prévenue par texto, l'attend à l'entrée. Ils se serrent la main, étreinte douce et tendre. S'ils osaient, ils échangeraient un baiser. Leurs yeux parlent pour eux.

— J'ai passé une soirée merveilleuse, murmure Alexis. Ce furent des instants magiques comme je n'en ai plus vécus depuis fort longtemps. Merci à toi.

— Pareil pour moi. Et puis merci aussi de m'avoir permis de connaître ta maison, ton environnement. Cette marque de confiance m'a fait chaud au cœur.

— La prochaine fois, nous irons chez toi. A toi de me montrer ton antre de garçon.

Ils continuent leur discussion à voix basse, dos tourné à la porte d'entrée de la salle où vient de se présenter Juliet. Dissimulée derrière un palmier décoratif, elle les observe un moment. Lorsque

Ninon regarde vers l'entrée, la jeune femme ne peut qu'émettre un petit sifflement muet.

— Je te comprends, Alex. Cette femme est

magnifique. Ne la lâche pas.

Comme elle sort de sa cachette, c'est la Procureure qui pénètre dans le hall. Les deux femmes se saluent et rejoignent Alexis et Ninon. Le jeune homme fait les présentations.

— Voici, Ninon, l'infirmière qui prend en

charge Julien Payet. Ninon, je te présente, Ereen Saurin, Procureure de la République et Juliet Maillet, juge d'instruction, toutes deux auprès du tribunal d'Aix-en-Provence.

Un peu intimidée, la jeune femme serre les mains tendues et sent dans ce contact toute l'énergie que dégagent ces personnes.

— Je suis ravie de faire votre connaissance.

Monsieur Payet vous attend dans le patio. Nous avons pensé que vous y seriez plus tranquilles pour discuter. Je vous accompagne.

Précédant les visiteurs, elle les conduit à son patient. Assis à une table, il les regarde avancer vers lui. Cette fois, c'est Ninon qui fait les présentations.

– Je vous laisse, dit-elle en se retirant. Appelez-moi si vous avez besoin de quoi que ce soit.

– Merci Ninon, dit Julien. A plus tard. Et il invite ses visiteurs à s'installer.

Sur la table, ont été disposés des verres, une bouteille de jus de fruit et quelques petits gâteaux secs.

– Julien, commence Alex, la procureure et la juge sont là pour que vous leur racontiez votre histoire ainsi que vous l'avez fait pour moi. L'une et l'autre ont eu le dossier en mains mais tiennent à entendre de votre bouche, le récit de votre aventure. Vous sentez-vous capable de le faire sans trop vous fatiguer ?

– Ça ira, rassurez-vous, Alex. Je suis tellement soulagé à la pensée que cette erreur sera réparée.

– Nous allons nous y employer, promet la procureure. Nous vous écoutons.

Julien Payet recommence son récit sans rien oublier de la façon dont le commandant Santoni a conduit son enquête, les pressions qu'il a subies. Il mentionne tout sans rien passer sous silence. Lorsqu'il a terminé, les deux femmes se regardent, avec stupéfaction. Se ressaisissant la première, Ereen demande :

– Y a-t-il quelque chose qui vous revient à l'esprit ? Quelqu'un que nous pourrions contacter ?

Il réfléchit un moment et soudain son regard s'éclaire.

– L'inspecteur Abdel Boualem. Il accompagnait le commandant et s'était chargé d'interroger les participants à la soirée. Il avait fait un tour dans le jardin et découvert quelque chose mais le commandant n'a jamais voulu l'entendre, lui intimant, de manière très autoritaire, de conduire le présumé coupable à l'Évêché.

— Où pouvons-nous le joindre ? demande la juge.

— Je n'en sais rien. Il a disparu, tout comme le commandant Santoni qui a brusquement pris sa retraite anticipée de quelques moi. Abdel Boualem a disparu des radars.

— Nous les retrouverons et nous verrons bien ce qu'ils pourront nous dire. La procureure se lève et tend la main à Julien. Soyez certain que nous allons tout mettre en œuvre pour trouver le vrai coupable et réhabiliter Nathan. Nous vous tiendrons informé. Au revoir, M. Payet et prenez soin de vous.

— Merci, Madame la Procureure et vous aussi Madame La Juge.

— Je raccompagne ces dames et je reviens, lui glisse Alexis.

Tous trois s'éloignent. Dans le hall, ils décident de confronter leurs dernières découvertes.

– Je vous invite au Mas des Oliviers, déclare Juliet. Nous y serons tranquilles et loin de tout.

– C'est bon pour moi, dit Ereen

– Pour moi aussi. Je règle une question matérielle avec Julien et je vous retrouve là-bas.

– Pizza ? Vietnamien ? Sushi ? propose Juliet

– Vietnamien, répondent les deux autres.

– Parfait, je commande un assortiment et nous partagerons.

– A tout à l'heure, dit l'avocat en regagnant le patio.

Les deux femmes quittent La Maison discrètement et reprennent leur voiture.

Dans le patio, Julien et Alexis sont en grande discussion.

– Alors qu'avez-vous appris sur Nathan ?

Savez-vous quand il sort ? interroge le vieil homme.

– Sa libération est prévue pour le 17 juillet à

partir de 9h. Mais ainsi que je vous l'ai dit, il angoisse parce qu'il a nul endroit où aller. Sa mère est morte, il n'a plus aucune famille et ses amis l'ont, depuis longtemps, oublié si tant est qu'ils se soient, à un moment ou un autre, inquiétés de son sort. Mon ami le gardien pense qu'il va se rapprocher d'un centre d'accueil bien qu'il ne soit pas trop rassuré.

– Je le comprends. La faune qui y vit n'est pas

toujours très agréable. Alors voilà ce que vous allez faire. *Julien tend une chemise cartonnée à Alex.* Il s'agit de mon appartement à Marignane. Je n'y retournerai plus, autant qu'il en profite. A ma mort il reviendra à mes fils. Cela va lui laisser quelques mois pour se retourner. *Il sort une enveloppe de dessous son plaid.* Voilà un peu d'argent. Arrangez-vous pour lui acheter des vêtements, des chaussures ainsi que des provisions, enfin tout ce que vous jugerez utile.

— Vous êtes extraordinaire, Julien. Je vais faire le nécessaire mais je ne lui dévoilerait rien encore de notre projet. Laissons-lui le temps de savourer sa liberté retrouvée avant de le replonger dans son histoire.

— Je vous laisse faire. Encore merci, Alexis. Et il lui serre les mains.

— Je vous raccompagne. Ninon doit vous attendre dans le hall.

— Vous l'appréciez, cette petite, n'est-ce pas mon ami ?

— Beaucoup, confie l'avocat, troublé d'avoir été percé à jour.

* * *

Le Mas des Oliviers

Vendredi 09 juin

12h 30

* * *

Il est 12h 30 lorsqu'Alexis rejoint ses deux amies. Elles ont dressé la table sur la terrasse à l'abri de la tonnelle recouverte d'une glycine qui embaume l'espace et dont les fleurs violettes pendent telles des grappes de raisin.

— Bravo, Mesdames ! Voilà une présentation

qui donne envie de tout dévorer, dit-il en découvrant les différents plats qu'elles ont répartis dans des assiettes, en carton bien sûr, pas question de faire la vaisselle. Ils ont bien d'autres chats à fouetter.

— Merci, Monseigneur ! déclare Juliet en le

saluant bien bas. Ce repas est-il de votre goût ?

— Sans aucun doute. Il y a ici de quoi satisfaire

le palais le plus délicat.

Tous deux rient et s'installent. Ereen qui n'a rien dit depuis un moment, semble rêveuse.

— Que se passe-t-il, Madame la Procureure ?

interroge l'avocat. Vous me paraissez perdue dans une profonde réflexion.

– C'est bien ça. D'abord, appelez-moi Ereen et

cessez votre déférence à mon endroit. Nous sommes ici pour réparer une terrible erreur qui a volé vingt ans de sa vie à un être innocent. Je repensais à notre visite à Julien Payet. Cet homme m'a impressionnée. Après toutes ces années, vouloir faire éclater la vérité est un acte difficile et courageux. Il m'a convaincue aussi et je vais m'employer à résoudre ce mystère avec votre concours. Mangeons, voulez-vous, nous ferons le point sur nos différentes recherches ensuite. Bon appétit !

Ils dégustent en silence les mets offerts à leur palais. La table débarrassée et le plateau du café installé, chacun ouvre son dossier.

– A vous Alex ! Vous deviez vous renseigner

sur Nathan Maurel, la victime de cette erreur.

– Bien ! Ainsi que je vous l'ai expliqué, Daniel,

un ami d'enfance, est surveillant à la prison de Luynes. Il se trouve qu'il connaît bien Nathan. C'est un homme sans histoire, qui a passé tout son enfermement avec Gaspard, son colocataire. Ce Gaspard a été son protecteur dans cet environnement souvent brutal. Sur ses conseils, il a fait une formation en logistique et obtenu son diplôme. Il a aussi aidé d'autres détenus dans leurs démarches administratives ou même juridiques. Il est très estimé autant des prisonniers que du personnel pénitentiaire.

— Qu'en est-il de sa famille, de ses amis ?

demande Juliet

— Il n' a plus de famille. Sa mère est morte et

nul ne sait qui est son père. Pour ce qui est de ses amis, tous l'ont abandonné après sa condamnation.

— Évidemment ! Quelle tristesse. Ce qui fait

qu'il va se retrouver seul à sa sortie. Quand est-elle prévue ?

– Le 17 juillet ! Mais tout est réglé ou presque.

Julien Payet lui prête son appartement à Marignane. Il m'a également remis une somme d'argent pour que je puisse lui acheter des vêtements et des provisions afin que son retour à la vie normale se passe dans les meilleures conditions.

– Il est merveilleux cet homme ! remarque la-

procureure. Comment allez-vous procéder? Est-ce vous qui l'accueillerez ?

– Non ! Ainsi que je m'en suis expliqué avec

Julien, il ne faut pas lui donner de faux espoirs. Je vais m'arranger pour qu'il pense qu'un bienfaiteur anonyme le prend en charge. Dès que nous serons certains que nous pouvons agir et rouvrir le dossier, je me manifesterai.

– Parfait ! Bien vu. A vous de gérer cette partie

de notre collaboration. A toi, Juliet, demande Ereen.

– De mon côté, j'ai pu obtenir de mon contact

à l'Évêché, une copie des interrogatoires, les différentes pièces du dossier d'instruction. Il s'avère évident que cette affaire a été menée à charge, jamais à décharge. C'est le juge d'instruction Pascual Scotto di Perétollo, encore un corse, qui l'a instruite. Là aussi uniquement à charge. Vite expédiée, vite bouclée. Et de ton côté ?

– J'ai consulté les minutes du procès ainsi que

je l'avais promis. Ici aussi, tout a été présenté à charge du prévenu. Il a eu beau crier son innocence, rien n'y a fait. A la grande satisfaction, semble-t-il, du procureur De Vecchio. Mais pourquoi ?

– Qu'allons-nous faire, s'inquiète Alexis. Il

nous faut des preuves solides pour que la commission accepte de rouvrir le dossier, vous désigne comme procureur et nous permette d'enquêter de nouveau.

La procureure réfléchit un instant puis explique.

– Pour l'instant, nous allons continuer nos

recherches dans l'ombre. Toujours aucune divulgation. Retrouvons avant tout, l'inspecteur Boualem et le commandant Santoni. Voyons ce qu'ils auront à nous dire. Pas de contact téléphonique juste une phrase banale et nous nous retrouvons ici, si cela ne te gêne pas, Juliet ?

– Aucun problème. Ici nous sommes au calme

et loin de tout. Quelle sera notre mot de passe ?

– Pourquoi pas : BBQ, ce soir, 19h 30 ? propose

Alex.

– Pas mal. Il paraîtra que nous faisons une

petite bouffe entre amis. Mais en réalité, nous nous communiquons le jour et l'heure ! N'importe lequel d'entre nous qui lancera la phrase, nous saurons où nous rendre.

– C'est bon pour moi, déclare Ereen

— Pour moi aussi, approuve Juliet. Elle se lève

et tend la main aux deux autres pour un tchek de confirmation.

* * *

Deuxième partie

* *

Vérité sera dite.

Justice sera faite.

* *

« La liberté commence où l'ignorance finit."

Victor Hugo

* * *

Mas des Oliviers

* *

La proc, la juge
et l'avocat

* *

Jeudi 29 juin 2017

19 h

* * *

Il fait chaud en cette après-midi du jeudi 29 juin. La chaleur embrasse les murs, les arbres souffrent et les passants s'attardent aux terrasses des cafés.

Sur le bureau d'Alex, un dossier est étalé mais il n'a guère envie de s'y pencher. Il rêvasse, la tête appuyée contre son siège de bureau. Soudain son portable lance une note l'informant de l'arrivée d'un texto.

Il lit :

– BBQ, ce soir, 19 h 30. Je me charge de la viande.

– Bon pour moi. Je m'occupe du vin, écrit-il.

Dans son bureau, au palais de justice, Juliet reçoit le même message auquel elle répond.

– Ok, pour moi. Je prévois le pain et le dessert.

Chacun de leur côté, Alexis et Juliet s'interrogent. Que leur veut Ereen ? Que va-t-elle leur annoncer ? Ils ont hâte que la journée se termine.

– *Oh! Et puis zut, pense Juliet.* Anne, dit-elle à sa greffière, je m'en vais. Je serai joignable sur mon portable mais uniquement pour vous. Pour les autres, vous ne savez pas où je suis. Et puis, n'hésitez pas à partir plus tôt. A demain.

– A demain, Madame la Juge. Passez une bonne soirée.

– Vous aussi, Anne.

* *

Tout le long du trajet pour rejoindre son mas, elle imagine plusieurs scénarios. Elle sait qu'Ereen a transmis la demande de ré-ouverture du dossier de Nathan à la commission. Elle sait aussi que les décisions de la dite commission sont parfois très longues. Quels nouveaux indices a-t-elle réunis ? Il lui tarde de savoir. Pour l'instant, elle plonge dans l'eau bleue de la piscine et apprécie sa fraîcheur, sur son corps. Elle flotte, entre l'onde et le ciel.

A Aix, Alexis a replié le dossier, l'a posé dans un tiroir de son bureau. Lui aussi a des fourmis dans les jambes et des questions plein la tête. Ils ne devaient pas se revoir avant plusieurs jours. Que se passe-t-i ? Il angoisse : cette affaire lui tient tellement à cœur. Il s'est pris d'affection pour Julien Payet et aimerait qu'il puisse s'en aller le cœur léger, l'âme en paix, réconcilié avec lui-même.

Il est dix-huit heures. Nina et Sophie s'apprêtent à quitter le cabinet. Il décide que lui aussi va s'en aller et se rendre chez Juliet, même s'il est en avance. Qui sait ? Elle a peut être un indice !

— Bonsoir, Mesdames, dit-il à ses deux

employées. Ils se quittent au bas de l'immeuble.

— Bonsoir, Maître ! Passez une bonne soirée.

— Bonne soirée à vous aussi. A demain.

Il se rend chez son caviste attitré. Sur ses conseils, il choisit un rosé léger et un peu sucré ainsi qu'un rouge capiteux. Sa part du contrat rempli, il monte dans sa voiture et prend la direction du mas de Juliet. Il la trouve, en maillot de bain, somnolant sur un transat.

— Hello ! Petite sirène ! Comment vas-tu ? demande-t-il.

— Chaudement, répond-telle en ouvrant un œil. Tu es déjà là ?

— Je n'en pouvais plus d'attendre, à me poser des questions. J'ai pensé que tu serais là, à t'interroger toi aussi. As-tu une idée de ce que nous veut Ereen ?

— Pas le moindre indice. Attendons. As-tu pris ton maillot ?

— Non! Je ne suis pas repassé par mon appartement.

— Va voir dans la salle de bain, il doit y avoir

ceux de Léonard. Choisis-en un. Prends aussi une serviette.

Ils se sont occupés les mains et l'esprit en préparant le barbecue, la table. Alex a vérifié que le rosé rafraîchissait et mis le rouge à décanter. A espace régulier, ils consultent leur montre. Les aiguilles semblent avoir chaud elles aussi et ne tournent plus. Le temps s'allonge et lorsqu'ils entendent des pneus crisser sur les gravillons de l'allée, ils se précipitent d'un même élan vers l'arrivante.

— Eh bien ! s'écrie Ereen, souriante. Quel accueil ! Je ne m'attendais pas à une telle démonstration de joie.

— Tu as éveillé notre curiosité et nous sommes impatients de savoir pourquoi tu as souhaité cette réunion.

— On mange d'abord ou vous voulez tout savoir tout de suite.

— Tout savoir, tout de suite, répond Juliet, en se tournant vers Alexis qui acquiesce d'un signe de tête.

Ils s'installent autour de la table, Ereen sort un dossier de son sac et le pose devant elle.

— Avant d'aller plus avant, faites-moi le point sur vos dernières avancées. A toi, Alex.

— Bien. Comme convenu, j'ai organisé la sortie de Nathan.

— C'est pour quand ?

— Le 17 juillet. J'ai visité l'appartement de Julien à Marignane, demandé à une femme de ménage de s'occuper à tout remettre en état. Il est fermé depuis de longs mois. J'ai également acheté quelques vêtements, chaussures et objets de toilette. J'ai rempli les placards et le frigo. Pour moi, tout est bon.

– A toi, Juliet.

– Alors, pour moi, ça a été un peu plus long et

laborieux mais j'ai réussi à loger l'inspecteur Boualem et le commandant Santoni. Le commandant est décédé, il y a environ un an. Je vous en dirai plus après. Pour Boualem, je suis tombée sur un commissaire qui le connaît bien. C'est ainsi que j'ai appris qu'il était de retour sur Marseille, affecté au commissariat du 1er. Il est capitaine.

– Voilà une belle promotion. L'as-tu contacté ?

s'informe Ereen.

– Oui, mais sans rien lui dévoiler. Il sait que je

veux le rencontrer au sujet d'une vieille affaire à laquelle il a participé, rien de plus. Je le vois lundi, à 10 h au palais.

– Bien et qu'en est-il des témoins de l'époque ?

– Anne, ma greffière, a recherché ceux qui

étaient encore présents au moment de la découverte du crime. La plupart vit a Aix ou dans les alentours.

– Qu'en est-il du commandant Santoni? Tu

devais nous en parler?

– Je vous ai dit qu'il était décédé ? Il a trouvé la

mort dans un accident de voiture. Il avait pris sa reraite en Corse avec quelques mois d'avance. Son véhicule a plongé dans un ravin, sur une route qu'il connaissait parfaitement. Suspecte ! La police en a déduit qu'il avait un malaise. Mort étrange ! Accident ou sabotage. Aucun contrôle n'a été fait. Bizarre, non ?

– En effet. Un témoin que nous n'entendrons

pas. Tant pis. De mon côté, j'ai progressé ! Je vois que vous piaffez d'impatience, alors à mon tour. Vous vous souvenez que j'ai déposé une demande en révision d'un procès auprès de la commission chargée d'étudier ces dossiers. Vous savez également que le temps de consultation des nouvelles pièces, le temps de la réflexion sont très longs pour cet organisme.

— Nous savons tout cela, soupirent-ils.

— Mais c'était sans compter sur mon réseau personnel.

— Ah, bon ? Ses deux interlocuteurs se redressent, intrigués et attentifs.

— Figurez-vous qu'en revenant au pays, j'ai retrouvé un ami très cher qui fait partie de la commission. Je l'ai contacté. Nous avons dîné ensemble et j'ai pu lui parler du dossier et de la démarche de Julien Payet. Il s'est montré très intéressé et... nous avons le feu vert pour rouvrir l'enquête, dit-elle en brandissant une lettre à l'en-tête du ministère de la justice qu'elle vient de sortir du dossier.

C'est une explosion de joie qui salue sa dernière phrase.

— On se calme, jeunes gens. Le plus difficile est à venir. Mangeons et nous définirons ensuite notre stratégie.

Alexis s'emploie à faire cuire brochettes, saucisses et merguez tandis que les femmes installent les salades, les frites et la boisson. La soirée s'achève dans la douceur du soir qui tombe. Des bougies à la citronnelle ont été allumées pour dissuader les moustiques de participer au repas.

— Il est temps de ranger et de passer une bonne nuit. Il nous faut être frais et dispos demain pour établir notre plan de bataille. Car, croyez-moi, conclut la proc, ce sera un vrai combat. Vingt ans, c'est long et les souvenirs ont pu s'effacer des mémoires de ceux que nous allons interroger. A demain, dix heures, dans mon bureau et jusque là bouche cousue. N'allons pas éveiller les soupçons de l'auteur de ce crime. Bonne nuit à vous deux.

— Je rentre aussi, dit Alex. Trop d'émotion pour

ce soir. Il faut que mon cerveau enregistre tout cela. Bonne nuit, Juliet. A demain, Mesdames.

Palais de justice d'Aix-en-Provence

Vendredi 30 juin

10 h

* *

Il est dix heures précises, quand Juliet et Alexis frappent à la pore du bureau de la procureure.

— Bonjour, vous deux, dit-elle. Bien dormi ?

— Pour moi un peu agitée, répond la juge. Trop d'émotion a assimiler.

— Idem pour moi, confirme l'avocat, mais aussi l'envie de me lancer dans la bagarre, ce besoin d'en découdre m'a excité au point de me tenir éveillé une partie de la nuit.

— A compter de ce jour, vendredi 30 juin 2017, à 10 h, je déclare la ré-ouverture du dossier Nathan Maurel, effective. Charles, veuillez noter.

La procureure s'adresse à un homme d'une soixantaine d'années qu'ils n'avaient pas remarqué, dissimilé derrière une pile de dossiers.

— Juliet, Alex, je vous présente, Charles Piétri,

jmon greffier. A compter de ce our, nous entrons dans une démarche officielle et tout doit être noté et enregistré. Pour Charles, comme pour vous deux, nos discussions vont encore être limitées à notre petit groupe. D'accord ?

— Aucun problème pour nous, disent les deux

jeunes gens qui ont tiqué à l'annonce du nom du greffier.

— Moi, je suis tenu au secret, donc aucun souci,

conclut ce dernier.

— Parfait. Ceci, commande la procureure, en

tendant une clé USB à Charles, pour enregistrer toutes nos conversations et tous les éléments de l'affaire. Rien ne doit paraître dans votre ordinateur de bureau qui pourrait être piraté. Il est impératif, pour le moment, de ne rien divulguer. Nous pourrions faire disparaître des indices majeurs et même faire fuir le vrai coupable. Vous me la rendrez après chaque entretien. Entendu, Charles ?

Juliet et Alexis se sont regardés. Le greffier a eu un moment de flottement avant de se ressaisir.

— Bien compris, Madame.

— Bon, voyons maintenant comment nous

allons procéder. Toi, Juliet, tu t'occupes de la partie investigation. L'inspecteur, les témoins. Toi, Alex, tu prends en charge Nathan dès sa sortie de prison. Pour ma part, je vais poursuivre l'étude des minutes du procès. Je suis certaine d'y découvrir d'autres erreurs. C'est bon pour vous ?

— Tout va bien.

— Je vous convoquerai pour faire le point sur

l'avancée de nos différentes investigations. Bon travail et bonne journée. A plus tard.

– A toi aussi. Bonne journée, Charles. Et tous

les deux se retirent non sans avoir vérifié du coin de l'œil que le greffier rendait la clé à Ereen.

Sortis du bureau, ils se regardent et Alexis murmure :

– Un greffier corse, dit-il. Cela ne m'inspire

aucune confiance. Il faut que nous en touchions deux mots à Ereen. Même si elle prend quelques précautions, il va falloir qu'elle se méfie. Ce gars pourrait bien divulguer certaines choses surtout que De Vecchio va être cité comme témoin.

– Tu as raison. Et aussitôt, elle textotte : BBQ,

ce soir 19 h. Voilà, c'est fait ! Ce soir, 19 h, chez moi. Nous l'informerons de nos doutes. Bonne journée Alex. A ce soir.

– A ce soir.

* * *

Lorsqu'Ereen arrive au Mas des Oliviers, elle trouve Juliet et Alexis en grande conversation et avec des mines inquiètes.

— Que vous arrive-t-il ? demande-t elle.

Quelque chose ne va pas ?

— C'est ton greffier qui nous pose problème.

— Et pourquoi donc ? Il m'a été chaleureu-

-sement recommandé par mon prédécesseur.

— C'est un corse, voilà ce qui nous préoccupe.

Tu es nouvelle et tu ignores encore combien le milieu corse peut être impliqué dans toutes nos affaires. Rappelle-toi de ce nous a raconté Julien Payet.

— Effectivement, je m'en souviens. Et que

craignez-vous ?

— Ces gens ont des yeux et des oreilles partout,

dans les branches de la société, dans toutes les professions et en particulier dans la police et la justice. Il nous faut être très, très prudents, explique Alex .

– Que me conseillez-vous ?

– Nous allons donner à ton greffier les

avancements les plus anodins possibles. Rien d'important, sauf lorsque nous voudrons laisser échapper ceux qui nous seront utiles. S'il fait partie du milieu, s'il leur fournit des informations, nous le coincerons. C'est Juliet qui vient de parler.

– D'accord mais pour être crédibles, il nous

faut des comptes-rendus officiels, certifiés.

– Nous enregistrerons chacun de nos briefings

ici et ne communiquerons que quelques détails ou avancées que Charles enregistrera.

– Entendu. Rien de précis, juste quelques

bribes, quelques interrogations. Nous ferons le point ici, avant de le faire au Palais.Peut-être nous trompons nous, se justifie Alex, mais dans le doute, restons prudents.

— Nous allons fixer un jour pour nos rencontres

ainsi nous n'aurons plus à communiquer par textos, sauf bien sûr ,en cas d'urgence. Qu'en dites-vous ? demande Ereen.

— Tu as raison. Disons le mercredi, à 19h 30,

dans mon château ?

— Cela me convient, déclare Alex.

— A moi aussi, dit la procureure.

La sonnette de l'entrée retentit.

— Ce soir, ce sera pizza, déclare Juliet en allant

ouvrir.

* * *

Aix-en-Provence
Palais de justice

Bureau de la juge d'instruction
* *

Lundi 03 juillet
* *

10 h

* *

— Anne, demande la juge à sa greffière, voulez-vous faire entrer le capitaine Boualem, s'il vous plaît.

Anne ouvre la porte. Sur un banc face à elle, un homme d'une cinquantaine d'années, patiente . Vêtu d'un jean, il a enfilé un blouson de même tissu sur un T-shirt au nom d'une université américaine. Des cheveux poivre et sel, un teint halé qui met en valeur un regard couleur menthe claire.

— Capitaine Boualem, Madame la Juge, va vous recevoir.

L'homme se lève. Il est grand et bien bâti. Il suit Anne dans la pièce. A son bureau, Juliet s'est levée pour l'accueillir et lui tend une main qu'il serre avec force. Elle apprécie ce contact ferme et franc. Elle l'invite à s'asseoir.

— Capitaine, je suis ravie de faire votre connaissance. Puis-je vous offrir un café, un jus de fruit ?

— Non, je vous remercie. J'aimerais savoir pourquoi je suis ici ? Il va droit au but.

— Je vais tout vous expliquer. Prenez place, dit Juliet en lui désignant un fauteuil. Madame la procureure, Ereen Saurin, m'a confié la lourde tâche de re -voir toute la procédure d'un dossier vieux de vingt ans. L'affaire Maurel/Chauvin, affaire à laquelle vous avez participé. Vous en souvenez-vous ?

— Très bien, d'autant plus que j'étais un tout jeune inspecteur et que c'était ma première enquête sur un meurtre. Je n'ai jamais pu l'effacer de ma mémoire.

— Parfait, vous pourrez donc nous aider à rétablir la vérité et retrouver le véritable assassin.

L'inspecteur pousse un profond soupir, libérant sa poitrine et se laisse aller contre le dossier du fauteuil.

— Voulez-vous un verre d'eau, propose Juliet en le voyant tout pâle. Comme il accepte d'un signe de tête , Anne, s'il vous plaît, un verre d'eau pour le capitaine.

L'homme saisit le gobelet que lui tend la greffière et boit avidement comme s'il voulait noyer la boule qui lui bloquait l'estomac et qui vient d'exploser, le libérant de milliers de chaînes invisibles.

— Vous vous sentez mieux ? interroge Juliet

— Oui, je vous remercie, déclare Abdel, qui retrouve quelques couleurs.

— Vous sentez-vous capable de poursuivre ?

— Oui, Madame la Juge, je suis prêt. Je vous prie d'excuser ce moment de faiblesse.

— Ne vous excusez pas. C'est tout à votre honneur et prouve combien vous aviez pris cette enquête à cœur. Que pouvez-vous m'en dire?

Abdel Boualem se souvient

Ce soir là, je suis de permanence à l'Évêché quand mon chef, le commandant Santoni reçoit un appel téléphonique. Après avoir écouté, il me prie de le suivre. *Nous avons un meurtre sur le bras, dit-il.* Nous partons, toutes sirènes hurlantes et, comme je lui demande pourquoi tout ce tintamarre, il répond

– Nous devons arriver avant la gendarmerie

d'Aix. Monsieur le Procureur veut que nous prenions cette affaire. Voilà, tu sais tout et tu deviens muet à compter de maintenant.

Comme Abdel marque une pose, la juge en profite pour lui poser une question

– Que pouvez-vous me dire du Commandant

Santoni ?

– C'était un excellent enquêteur qui avait de

nombreuses résolutions d'affaires criminelles à son palmarès. Pour lui, chaque fois qu'il coinçait un criminel, c'était un trophée qu'il aurait volontiers accroché à un tableau de chasse, s'il avait osé.

– Je vois et quoi d'autre ?

– C'était quelqu'un d'atypique qui ne s'embar-

-rassait jamais de tournures de langage et allait droit au but, quitte à froisser quelques égos, ou attiser des chagrin ou des haines. Un homme dur et froid, aux allures d'homme de Cro-Magnon, toujours vêtu d'un costume hors d'âge et coiffé d'un chapeau cabossé comme lui.

– Qu'est-ce qui vous fait dire qu'il était cabossé?

– Parce qu'il m'a semblé que derrière cette

façade, se cachait un homme que la vie avait dû malmener.

— Poursuivez votre récit sur la nuit du meurtre, demande Juliet.

* *

Nous sommes donc arrivés les premiers et avons aussitôt commencé les premières constatations. Pour Santoni, il était évident que Nathan Maurel était coupable. Tout dans cette chambre l'accusait. Après avoir pris les photos demandées, je suis sorti dans le jardin. Je me suis approché du banc dont le prévenu avait parlé et jai constaté que l'endroit était très humide, même mouillé. Je suis retourné dans la chambre et j'ai voulu en informer le commandant qui a balayé mes remarques d'un revers de main, m'intimant l'ordre d'aller prendre les dépositions des invités encore présents.

— Avez-vous obéi ?

— Oui, mais en passant par le jardin. J'ai pris quelques photos de la pelouse à cet endroit et recueilli fragments du siège en pierre.

– Avez-vous confié ces clichés à quelqu'un ?

– Non, je n'ai rien dit, pensant pouvoir en parler plus tard.

– Avez-vous pu le faire ? Peut-être confier le tout au légiste ?

– Eh bien ! ... Elle sent dans la voix d'Abdel Boualem une rage qui remonte.

– Expliquez-moi !

– Deux jours après ce drame, je suis convoqué dans le bureau de mon supérieur. Il m'annonce une bonne nouvelle : à savoir ma nomination comme inspecteur principal au commissariat de... Carpentras. « Au pays des melons, cela ne te changera pas trop » me dit-il, tout souriant. *Je connais depuis longtemps ce genre de propos racistes à mon encontre et cela ne me fait plus rien.* Surpris, je demande pourquoi ce changement alors que je n'ai rien sollicité et lui réponds que je refuse.

«Tu n'as pas le choix : ou tu pars à Carpentras ou tu te casses de la police.»

— Plutôt radical comme ordre. Vous avez donc

rejoint le commissariat en question et n'en êtes plus reparti?

— Difficile quand toutes vos demandes de

changement sont refusées. Je n'ai pas eu non plus d'avancement. Ma carrière semblait définitivement à l'arrêt lorsque, il y a environ un an, un nouveau commissaire est arrivé chez nous. Il a examiné tous nos dossiers et s'est intéressé au mien. Bizarrement, la situation s'est débloquée. J'ai été nommé capitaine et j'ai pu rejoindre le commissariat du 1er, à Marseille.

— Je crois savoir pourquoi, murmure la juge

— Avez-vous des nouvelles du commandant

Santoni. J'ai entendu dire qu'il avait pris une retraite anticipée pour cause de longue maladie et qu'il était retourné vivre dans son île natale.

– Effectivement, il est décédé quelques mois après.

Le capitaine Boualem se tait un instant. Après un cours moment de réflexion, il demande

– Puis-je connaître la raison de ma présence ici ?

– J'allais y venir. Ainsi que je vous l'ai dit nous rouvrons le dossier Maurel/Chauvin. J'ai demandé à votre hiérarchie, qui y a consenti, de vous prendre comme enquêteur dans notre équipe. Vous serez donc rattaché à mon service jusqu'à la conclusion. Vous êtes, bien sûr, libre d'accepter ou pas.

– J'accepte avec plaisir. J'espère bien que nous confondrons cet assassin qui a détruit la vie de plusieurs d'entre nous et qu'il paiera pour son crime..

Rendez-vous est pris pour faire connaissance du reste de l'équipe et établir la tactique à appliquer. Juliet et le capitaine Boualem se chargeront des interrogatoires ; Alexis prendra en charge Nathan, la procureure la partie administrative.

* * *

Lundi 10 juillet

9h 30

* *

Palais de justice
Aix-en-Provence

* *

Bureau de Juliet Maillet
Juge d'instruction

* * *

Un coup léger frappé contre la porte et le capitaine Abdel Boualem, passe sa tête dans l'entrebâillement.

– Bonjour, Mesdames, salue-t-il. Vous m'avez fait demandé, Madame La Juge.

– Bonjour Abdel ! Entrez. Venez voir ce que j'ai pour vous. Et puis, appelez-moi Juliet lorsque nous sommes entre nous. Ça fait rond de jambe que ce titre, dans votre bouche.

– Avec plaisir, Juliet. Vous avez donc un cadeau pour moi ? Il y a longtemps que je n'en ai pas reçu, fait-il, souriant.

– Arrêtez de faire le pitre et suivez-moi.

Juliet s'est levée et se dirige vers une porte. Dissimulée dans le lambris des murs, on ne la distingue pas. Elle ouvre. Abdel découvre une petite pièce dont deux murs sont recouverts d'étagères supportant des dossiers, un bureau et trois fauteuils en complètent le mobilier. Un ordinateur, une imprimante, un téléphone s'ajoutent à ce qui ressemble à un lieu de travail.

— Voilà, dit Juliet, vous êtes chez vous. Nous pourrons ainsi travailler de concert sans avoir à nous fixer des rendez-vous ici ou là. Cela vous convient-il, Capitaine ?

— C'est parfait.

— Alors mettons nous à l'ouvrage. Avez-vous pu me dresser les listes que je souhaite revoir ?

— Oui, Anne s'en est chargée. Elles sont là, sur votre bureau. Que voulez-vous en faire ?

— Je vais examiner tous les comptes-rendus des interrogatoires recueillis les soir du meurtre. Ceux qui m'intéressent sont ceux des invités présents lorsque nous sommes arrivés sur les lieux.

— Excellente idée.

— Je convoquerai quand même quelques uns de ceux partis vers minuit. Juste pour m'assurer de ce qu'ils ont vu, en espérant qu'ils s'en souviennent encore.

— D'accord avec vous. Voulez-vous qu'Annie vous aide ?

— Pourquoi pas si elle est disponible et si vous n'avez pas besoin d'elle.

— Pas pour l'instant, lui répond Juliet.

— Merci, M'dame la Juge, lance Abdel en riant, à la juge qui sort du bureau.

— Vous semblez heureux, lui dit Anne.

— Si vous saviez à quel point. Cette affaire a hanté mes jours et mes nuits durant de longs mois. J'ai traîné avec moi cette frustration, ce sentiment d'avoir été mis sur la touche pour des raisons que

je ne comprenais pas. Alors là, oui, je suis heureux.
Pouvoir trouver l'ordure qui a tué cette jeune fille
et envoyé un jeune homme de vingt ans en tôle,
me donne envie de me battre.

Résidence St Pierre

Marignane

* *

Lundi 24 juillet

14 h

* * *

Assis dans son fauteuil, Nathan se remémore son entrevue avec le directeur du supermarché voisin. Comme prévu par son bienfaiteur anonyme, il s'est présenté à son bureau. Il lui a remis son CV, ne lui cachant rien de son passé, bien qu'il soit au courant..

— Vous avez payé votre dette à la société, le

reste ne m'intéresse pas. Vos diplômes sont éloquents. Vous avez le profil que je recherche. Mon ami m'avait bien renseigné.

— Qu'attendez-vous de moi ? demande Nathan.

— Je vais ouvrir un drive et j'ai besoin de

quelqu'un pour organiser le dépôt. Vous avez un diplôme de logistique, des connaissances juridiques. Vous êtes exactement ce que je recherche. Que pensez-vous de ma proposition?

— Elle me convient tout à fait. Quand

souhaitez-vous que je commence ? demande Nathan.

— La construction sera bientôt terminée. *Il lui*

tend une chemise cartonnée. Vous trouverez ici les plans du drive ainsi que la liste des produits qui y seront vendus. Je vous demande d'étudier la faisabilité, l'implantation des marchandises et la distribution. Je vous revois en fin de mois pour faire le point. La construction terminée, nous appliquerons vos idées pour la mise en place. Cela vous convient-il ?

— Tout à fait.

— Si vous rencontrez la moindre difficulté,

téléphonez moi ou venez me voir. Rien d'autre à me demander ?

— Non, rien d'autre, répond Nathan

— Le salaire, les horaires ? Vous êtes bien le

premier qui ne commence pas par ces« détails ».

— Après toutes mes années de prison, me

retrouver, aussitôt sorti, avec un toit, un boulot, c'est bien plus que je n'espérais. Je ne vais pas faire la fine bouche. Merci de votre aide. Je ne vous décevrai pas.

— J'en suis certain.. Nous nous reverrons pour

la signature du contrat.

— Puis-je vous demander qui est ce bienfaiteur anonyme qui fait tant pour moi.

— Désolé, j'ai promis de ne rien dévoiler mais je pense que vous ne devriez pas tarder à faire sa connaissance. Belle journée à vous, Nathan.

— Merci ! Belle journée à vous aussi.

Il en est là de sa rêverie quand l'interphone retentit. Il sursaute, surpris. Dans l'entrée, il décroche le combiné:

— Nathan Maurel ? Bonjour ! Puis-je monter ?

Il est temps que nous fassions connaissance.

Au moment où il ouvre la porte palière, l'ascenseur s'arrête, un homme en sort. Grand, jeune, il avance vers lui, main tendue. Nathan est hésitant mais le franc sourire de son visiteur lui inspire confiance.

Il ne peut pas me vouloir de mal. De toute façon, je vais être fixé, pense-t-il.

— Bonjour Nathan, dit l'arrivant. Je suis ravi de

faire votre connaissance. Je suis Alexis Chastaing, avocat au barreau d'Aix.

— Bonjour, maître. Entrez, je vous en prie.

Les deux jeunes gens pénètrent dans le salon et, sur l'invitation de Nathan, ils s'assoient tous les deux, l'un en face de l'autre.

— Vous devez vous demander ce que vient faire

un avocat, chez vous, demande Alex

— C'est en effet mon questionnement. Vous me

devez des explications et j'espère qu'elles seront valables. Après toutes ces années de galère, je suis devenu méfiant

— Ne craignez rien de moi. Je vais vous donner

toutes les réponses aux questions qui vous assaillent.

Alexis explique :

— En 1997, vous avez été condamné à vingt ans de prison pour le meurtre de Léane Chauvin.

— En effet, injustement mais condamné à pourrir dans une prison. Ce que j'ai fait, pendnat toutes ces tristes années. Mais quel rapport entre le décès – *meurtre est difficile à prononcer pour lui* – de Léane et moi, maintenant ? C'est un passé que je veux oublier.

— L'oublier, dites-vous, même si nous pouvons prouver que vous êtes innocent ?

— Prouver que je ne l'ai pas tuée ? Vous délirez ! Par quel miracle pourriez-vous faure ça ? Et puis, après tout ce temps, qu'avez-vous trouver de nouveau ? *De sceptique, le voilà qui soupire, frissonne. Au fond de lui, il a toujours espéré pouvoir, un jour, rétablir la vérité.*

— Les preuves en notre possession sont

évidentes. Ecoutez-moi bien. Vous devez vous demandez pourquoi j'utilise « nous » ?

— Effectivement. Seriez-vous plusieurs à vous

intéresser à mon dossier ?

— En effet, nous sommes quatre. Il y a la

Procureure Générale du tribunal d'Aix, Ereen Saurin, la Juge d'instruction, Juliet Maillet, le capitaine Abdel Boualem, inspecteur principal et moi, Alexis Chastaing, avocat près de la cour d'Aix-en-Provence. Ceci pour la partie police et justice.

Nathan n'en croit pas ses oreilles. Il reste sans voix, essayant d'assimiler les informations reçues et qui se bousculent dans sa tête.

— Mais pourquoi cette affaire ? Demande

Nathan.

– C'est là, la plus belle partie de cette aventure.

J'ai racheté, voici quelques années, le cabinet d'un confrère partant à la retraite. Il y a deux mois environ, une lettre m'est parvenue qui m'a intrigué par son contenu... *et de raconter au jeune homme incrédule, toute l'histoire de Julien Payet, de ses remords et de son désir de rétablir la vérité...*C'est à lui aussi que vous devez d'occuper cet appartement mais aussi les vêtements et tout ce qui fait votre confort.

– Mon Dieu, murmure Nathan toujours sous le

coup de l'émotion, de tels personnes existent encore ? Quel courage ! Quel altrusime ! Comme j'aimerais le rencontrer pour lui dire toute ma reconnaissance.

– Lui aussi aimerait vous rencontrer.

J'organiserai une visite, quand vous le souhaiterez. Pour l'instant, revenons à notre ou plutôt à votre histoire. Vous souvenez-vous de ce jour du bal de la promo et que pouvez-vous m'en dire ?

— Mieux que vous décrire mes souvenirs, je vais vous les faire lire, déclare Nathan en se levant.

Il extraie trois carnets de l'étagère et les tend à Alex.

— Vous trouverez dans ces cahiers toute mon histoire.

* * *

Nathan Maurel/ Alexis Chastaing

* *

chez Nathan

Marignane

* *

25 juillet 2017

* *

La vie nous brise tous,

mais une fois cicatrisés,

nous en ressortons plus forts.

Ernest Hemingway

* *

Belle pensée, faite de souffrance et d'espoir, a murmuré Nathan en tendant ses carnets à Alexis Chastaing, installé dans un fauteuil face à lui ! C'est ce que je me suis dit lorsque je l'ai lue pour la première fois. Elle est toujours aussi vraie, aujourd'hui qu'il y a vingt ans.

Carnet n° 1

La nuit du meurtre

* *

30 juin 1997

* *

Pour qu'un crime soit parfait, il ne suffit pas qu'il reste impuni, il faut que soit condamné

un faux coupable.

Extrait du film « Un crime à Oxford »

* *

Bal de promo

30 juin 1997 - 21h

L'année scolaire se termine. Ce soir, les étudiants de la faculté de droit d'Aix-en-Provence sont réunis pour le bal de promotion. Ils ont loué une grande salle sur la route des Alpes. Ils l'ont décorée pour l'occasion. Elle offre tout le confort nécessaire à une soirée réussie. Une cuisine, des sanitaires ainsi que trois chambres donnant sur un jardin où croissent de grands arbres. Les filles ont revêtu leur plus jolie robe, les garçons un costume ou une tenue classe. Un DJ fait vibrer ses platines. L'ambiance est bruyante, un peu folle. Rien ne manque à cette soirée, ni le buffet copieusement garni de toutes sortes de verrines appétissantes, de petits pains dorés et autres amuse-bouches, ni les boissons diverses et variées. Des extras et un barman assurent le service. Les participants sont déchaînés. Ils dansent et s'agitent sous une boule à facettes qui lance ses éclats de couleurs sur le dance-floor. On a tamisé les lumières pour mettre un peu de mystère sur les participants.

J'ai obtenu mon master 2 en droit et rejoindrai à la prochaine rentrée une formation pour devenir avocat pénaliste. Pour les vacances, je m'apprête à rejoindre un cabinet à Aix pour un stage de deux mois. Une belle opportunité pour le tout nouveau sorti de l'école que je suis. Élevé par ma mère qui a tout sacrifié pour que je puisse concrétiser mon rêve, je n'ai pas ou très peu connu mon père qui a disparu alors que j'étais un petit enfant. J'en ai souffert pendant longtemps et puis j'en ai fait mon deuil.

Serait-il fier de moi s'il voyait le parcours accompli par son fils ? Je me pose la question avec toujours un petit pincement au cœur quand je pense à lui.

Mais ce soir, j'ai décidé de ne plus me torturer l'esprit et de savourer au maximum cette fête. Accompagné de Léane, mon amie de toujours, nous faisons une entrée remarquée dans la salle de bal. Il faut dire que ma cavalière est très en beauté dans une longue robe d'un bleu roi lumineux qui moule son corps superbe, soulignant ses formes sans être provocante et découvrant, en partie, une jambe bronzée. Quelques sifflets approbateurs l'ont accueillie ainsi que quelques regards envieux à mon égard.

* *

Alexis a levé les yeux du carnet et regarde Nathan qui sourit tristement.

— Qu'est-ce qui vous rend si triste? demande-t-il.

— Le souvenir de notre entrée dans la salle de bal. Je revois la blondeur des cheveux de mon amie coiffés en un chignon bouclé, ses grands yeux bleu océan cachés derrière de longs cils soyeux. Comme elle était belle. Il n'y avait aucun sentiment amoureux entre nous, seule une franche et solide amitié nous unissait depuis notre adolescence. Nous nous sommes connus au collège, retrouvés au lycée puis à la fac. Nous appréciions d'être ensemble sans prise de tête, juste pour le plaisir de discussions à bâtons rompus sur toutes sortes de sujets. Mon cœur bat plus fort et se serre. Des larmes me viennent. Comme c'est encore douloureux, vingt ans après.

Pardon, Alex mais il faut que je me calme, que je me détende

Il marche à travers la pièce .

Revivre cette soirée est toujours aussi difficile, déchirant.

* *

Il faut que je vous explique ce que Léane représentait pour moi. Et, la voix emprunte d'une douleur toujours présente, il raconte.

Léane, ma Léane, ma sœur de cœur. Nous avions fait connaissance en classe de 6ème, au collège du Jas de Bouffan. Nous habitions tous les deux le quartier mais pas vraiment dans le même environnement. Léane et sa famille vivaient dans une jolie villa provençale, au centre d'un jardin fleuri et arboré. Il faisait bon s'y attarder pendant les belles journées de printemps. L'air se parfumait des senteurs des roses et des pivoines. Les oiseaux pépiaient dans les arbres et, papillons et abeilles dansaient autour des fleurs. C'était pour moi un émerveillement de tous les instants. Paul Chauvin, le papa de Léane, était directeur de l'agence bancaire du quartier et Églantine, sa maman, orthophoniste au centre médical. Pourtant des gens simples et adorables qui m'avaient adopté sans aucun préjugé.

Moi, j'habitais dans une HLM, de l'autre côté de la rue. Cachée par des pins majestueux, la résidence était bien entretenue et discrète. Pas de troubles, de résidents agressifs ou bizarres. Des familles d'ouvriers vivant simplement, sans chercher d'histoires. Josette, ma maman, était caissière à la supérette du quartier. Elle m'élevait seule, mon père ayant depuis de nombreuses années, joué les filles de l'air. Cela avait été de durs moments à vivre pour elle, mais à force de courage et d'amour, elle avait réussi à s'en sortir et à m'élever de la plus belle des façons. Notre appartement, au deuxième étage, était lumineux, joliment décoré et très accueillant. Léane et moi avions pris l'habitude de travailler ensemble après les cours. Nous nous retrouvions soit chez moi, soit chez elle. Quand nous goûtions *chez moi, maman nous préparait toujours des gâteaux, des crêpes, du pain perdu que nous dévorions avec gourmandise. Puis nous nous installions sur la table de la salle à manger. L'un entraînant l'autre, nous étudiions sérieusement et obtenions de très bonnes notes. Cette association, studieuse et amicale, nous conduisit au lycée puis sur les bancs de la fac de droit.*

Jamais notre amitié ne s'est démentie. Jamais nous ne nous sommes senti attirés l'un par l'autre. Enfants uniques, nous appréciions cette tendresse qui nous unissait comme frère et sœur.

Vingt ans ont passé mais ma douleur à l'évocation de Léane est toujours aussi vive.

Il a fermé les yeux et revit cette soirée funeste tandis qu'Alexis, qui l'a écouté en silence, comprend sa peine. Silencieux, il reprend sa lecture.

* * *

Après cette entrée remarquée, Léane et moi passons un moment sur la piste de danse. Puis je m'éloigne.

– Je vais chercher quelque chose à grignoter. Je te prépare une assiette ? Je demande à mon amie qui s'en va au bras d'un cavalier qui l'entraîne dans un slow langoureux.

– Volontiers et une coupe de champagne, s'il te plaît.

Je me dirige vers le buffet, prépare deux assiettes, me fais servir une coupe de champagne pour elle et un cocktail sans alcool pour moi. Je n'aime pas boire et, mis à part une bonne bière pression ou un whisky de douze ans d'âge, de temps à autre, je n'en consomme que rarement. Je m'installe à une table et jette un œil sur les danseurs. En observant Léane, je me dis que si cette soirée se déroulait à la fin du 19e siècle, son carnet de bal serait rempli. Tous ces hommes qui papillonnent autour d'elle me font sourire. Je promène un regard distrait sur les jeunes réunis dans cette salle pour fêter leurs diplômes et la fin des cours. Je les connais toutes et tous sans pour cela les connaître vraiment. Je les ai croisés dans les amphis, pendant des réunions, parfois à l'extérieur, à la pause déjeuner. Soudain mes yeux sont attirés par une silhouette inconnue.

Je fixe avec plus d'attention cet homme qui déambule parmi les danseurs. Vêtu d'un smoking aux revers satinés, il promène sur la salle et ses occupants un regard bleu acier qui me semble dur, comme celui d'un chasseur à l'affût d'une proie. Il est grand , athlétique, avec un sourire de prédateur. Je n'aime pas cette arrogance qu'il affiche. Comme un de mes amis passe près de moi, je l'interpelle

— Dis-moi, Léo, tu connais ce mec ? Il ne me

semble pas l'avoir vu parmi les étudiants de notre promo !

— Celui-là ! Tu ne risquais pas de le rencontrer.

Il est déjà diplômé et vient ici faire son arrogant. C'est un frimeur, le fils à son papa ! Léo ne paraît pas le porter dans son cœur.

— Qui est-il ? Je lui demande .

— Maître Ange De Vecchio, le fils du Procureur

Général de Marseille, et, crois moi, il n'a rien d'un ange. C'est un sale type qui se croit au-dessus de tout. Tu penses, Papa est là pour passer la serpillière derrière lui chaque fois que Monsieur se laisse aller à des actes peu recommandables. On efface tout et on recommence.

— Tu n'as pas l'air de l'apprécier beaucoup.

— C'est le moins qu'on puise dire. C'est un être malfaisant, ambitieux, sans scrupule et qui n'hésite pas à écraser les autres pour obtenir ce qu'il veut. Il m'a fait perdre mon stage chez Maître Maillard pour y placer une amie très chère. Méfie-toi de lui et garde un œil sur Léane. Si elle lui plaît, il va la brancher. Je m'arrête sinon je vais gâcher ma soirée à cause de cet énergumène. Salut, Nathan.

— Salut Léo et merci.

Il avait raison de me dire de me méfier de ce dandy. je cherche Léane du regard. Elle est au milieu d'un groupe et discute gaiement. Elle est heureuse. Je me mets en quête de surveiller le loup qui rode dans la bergerie. Je le vois qui se rapproche de mon amie, la salue et s'emploie à l'éloigner de ses autres admirateurs. Mon cœur s'accélère. Mâchoires et poings serrés, je m'avance vers eux et prenant Léane par le bras

– Tu viens ? Je t'ai préparé une assiette et servi une coupe de champagne comme tu me l'as demandé.

Elle se tourne vers moi, un peu agacée.

– Excuse-moi. J'avais oublié. Je te présente Ange De Vecchio. Ange, voici Nathan mon ami et garde-du-corps.

Le regard qu'elle lance au bellâtre ne me laisse plus aucun doute : Léane est sous le charme.

– Venez donc vous asseoir un moment avec moi. Je me sens un peu seul, je leur propose.

Nous nous installons et Léane picore dans son assiette, trempe ses lèvres dans les bulles de sa coupe. Ange, quant à lui, m'observe. Il a compris qu'il va lui falloir ruser pour éliminer le pitbull de service. Mais ce n'est pas un problème pour lui. Il se lève, se dirige vers le bar et revient avec trois coupes de champagne bien frais.

– Merci, mais je ne bois pas, dis-je quand il me

tend une coupe.

— Allons, juste une petite flûte. Cela ne vous fera aucun mal.

— Tu ne crains rien, juste un verre, renchérit Léane.

Pour ne pas paraître impoli, j'avale le breuvage. C'est frais, pétillant et agréable. Les bulles éclatent sur ma langue et dans la bouche. Une douce chaleur m'envahit. Tandis que je m'évade dans la légèreté de mon breuvage, Ange entraîne Léane sur la piste. Les lumières sont tamisées et un slow égrène ses notes langoureuses. L'assistance s'est calmée, les couples se sont formés et une ambiance feutrée baigne la salle. Je constate que mon amie se laisse envelopper par les bras de son cavalier. Il la plaque contre lui, pose sa joue contre la sienne et elle ferme les yeux. Elle est captive. Sans doute lui murmure-t-il à l'oreille, des mots ensorceleurs. Elle sourit, totalement sous le charme. La danse terminée, je les vois s'éloigner vers le jardin. Inquiet, je me lève mais je suis soudain pris d'un étrange vertige. Il me faut m'allonger ou je vais m'effondrer au milieu du dance-floor. Je me dirige vers les chambres mises à notre disposition. J'ai chaud, je fais coulisser la baie vitrée donnant sur le jardin. J'aperçois Léane et Ange De Vecchio, près d'un banc, enlacés. De sa main gauche, il la plaque contre lui, tandis que sa main droite remonte la robe sur la cuisse de Léane. Je vois les deux mains qu'elle a posées sur son torse, comme pour le repousser. Cette vision me perturbe, je voudrais crier, me précipiter mais ma tête tourne, je me sens glisser inexorablement dans un abîme sans fond. J'essaie encore de crier, d'appeler mais aucun son ne sort de ma bouche. Je titube et m'écroule, tout habillé, sur le lit, sans prendre le temps de me déchausser. Et c'est le trou noir.

Il est minuit.

* *

Dans le jardin de la villa, Ange De Vecchio, oreille collée à son portable, fait les cent pas. Passablement énervé, Il discute à voix basse avec son interlocuteur, écoute la réponse, opine du chef et referme son téléphone. Il aspire et expire profondément deux ou trois fois, se compose son visage habituel de play-boy suffisant et se dirige vers la salle de bal, la traverse d'un pas assuré, bien que ses jambes soient en coton et qu'une sueur froide coule le long de son dos. Il descend les escaliers, salue le vigile posté au bas des marches, s'engouffre dans sa Porsche 911 et disparaît dans un crissement de pneus qui fait voler les graviers de l'allée.

Il est minuit trente...

* * *

1er juillet 1997

3h 30

Un cri effrayant, inhumain, transperce mes tympans et se fiche dans mon cerveau comme la pointe d'une flèche. J'essaie péniblement de sortir de la brume qui m'enveloppe, m'anesthésie. Je secoue la tête, tente de chasser cette douleur qui cogne mes tempes comme les tambours d'une fanfare invisible. J'ai du mal à ouvrir les yeux. Que m'arrive-t-il ? Qui sont ces gens qui s'agitent autour de moi, autour du lit sur lequel je suis allongé ? Comme dans du coton, j'entends quelqu'un lancer des ordres.

— On ne touche à rien.Tout le monde dehors.

Toi, tu ne bouges pas de là. DEHORS, crie cette voix puissante, DE...HORS. Je ne veux plus voir personne ici. Nous sommes sur une scène de crime.

— Une scène de crime ? je demande.

Quelle scène de crime ? *Qui a été tué ? Toutes ces questions se bousculent dans ma tête, une tête lourde, un cerveau embrumé. Pourquoi cet homme me demande-t-il de ne pas bouger ?*

Au prix d'un effort pénible et douloureux, je parviens à ouvrir les yeux, je me redresse et ... image d'une violence effroyable --, je découvre un corps allongé près de moi. Ma vision se faisant plus nette, je reconnais la robe bleu roi de Léane. Figées, ses prunelles bleu océan, expriment une terreur que la mort n'a pas encore effacée. Sa bouche est restée entre-ouverte sur un cri muet et sans fin.

– Léane ! Léane ! Nonooooon !

Je pleure, je gémis. Je tente de me pencher sur ce corps immobile mais une main ferme me repousse et me tient à distance. Je reconnais Adrien, un des étudiants de la promotion et organisateur de la soirée.

– Que s'est-il passé, je lui demande, la voix

cassée par l'émotion. Qui lui a fait ça ? Pour toute réponse, les sirènes de la police résonnent dans la nuit, les gyrophares la bleuissent donnant à la pièce un aspect irréel.

— Couvre-toi, me conseille Adrien, en me

tendant ma chemise et mon pantalon.

Je m'aperçois avec effroi que je suis juste vêtu de mon boxer. Je vais pour m'exécuter mais une voix tonitruante s'élève tout à coup dans la chambre, stoppant net mon geste.

— Stop. N'allez pas plus loin. Abdel, tu me

prends ce monsieur en photo : le torse et le dos. Merci.

Tandis que l'inspecteur s'exécute, l'homme de Cro-Magnon qui vient d'entrer, se rapproche du lit et de moi. Petit personnage bedonnant, il porte un costume gris, qui n'a pas dû voir un pressing depuis bien longtemps, une chemise avec laquelle il a dû dormir. Un feutre cabossé comme son propriétaire, posé sur des cheveux grisonnants à l'aspect plus que douteux, accentue encore cette apparence négligée.

— Commandant Santoni, SRPJ de Marseille, se

présente-t-il avec un accent corse assez prononcé. Inspecteur Abdel Boualem, mon adjoint. Je suis chargé de mener l'enquête sur ce qui me semble être un homicide.

— Vous êtes déjà là, s'étonne Adrien. Nous attendions la gendarmerie d'Aix et les pompiers. Comment avez-vous fait pour arriver avant eux ?

— Un appel anonyme est parvenu à l'Évêché et Monsieur le Préfet de police, sur ordre du Procureur Général, m'a chargé de l'affaire. La scientifique nous suit. J'espère que vous n'avez touché à rien et que tous les participants à cette soirée ont été priés de rester sur place ?

— Nous n'avons touché à rien, confirme Adrien. J'ai fait évacuer la pièce avant qu'elle ne soit polluée. Seuls Monsieur Maurel et moi y sommes restés. Tous les participants, présents à ce moment-là, ont été regroupés dans la salle de bal.

— Pourquoi « à ce moment-là » ? demande le commandant.

— Certains d'entre eux sont partis avant que

nous ne découvrions le drame.

– Il me faudra leurs noms et leurs adresses que

nous puissions les convoquer. Puis, se tournant vers moi, expliquez-vous. Que s'est-il passé dans cette chambre ?

Tandis qu'il discute avec Adrien, je vois l'inspecteur s'éloigner vers le jardin. Il revient au bout de quelques minutes et parle à l'oreille du commandant. Celui-ci balaye d'un geste tout ce qu'il entend et grogne :

– Nous avons ici une scène de crime on ne

peut plus explicite. Tenons-nous en à çà. La scientifique confirmera. Occupez-vous plutôt des invités. Prenez leurs noms, leurs adresses et autorisez-les à rentrer chez eux mais de se tenir à notre disposition. Revenez ensuite ici.

L'ordre a claqué et ne tolère aucune autre discussion.

* * *

Carnet n° 2

Interrogatoires et inculpation

* *

Dominique Santoni
Commandant de police
Chargé de l'enquête

* * *

La voix est éraillée, peu aimable. Le commandant Santoni déambule dans la pièce, mains dans le dos : un vautour guettant sa proie. Et celle-ci lui semble bien facile à croquer.

— *Une affaire qui sera vite bâclée. Tout ici*

accuse cet homme. pense-t-il. Pour ma dernière, elle ne sera pas trop difficile à résoudre.

Il sera bientôt à la retraite et n'a guère envie de se prendre la tête avec une enquête trop compliquée. Il s'est déjà fait tout un scénario. A voir le jeune homme totalement perdu, portant juste un caleçon, des griffures sur le torse, que faut-il de plus à un fin limier comme lui pour conclure à une tentative de viol qui a mal tourné !

— Alors, jeune homme, je vous écoute. Que

s'est-il passé dans cette chambre ?

Il me fixe droit dans les yeux. Son regard de rapace me fouille, me sonde, me cloue sur place, pris dans le faisceau de ses prunelles sombres comme la nuit. Sous son air bon enfant, il a déjà fait le tour de la chambre, reniflé dans tous les coins, remarqué les moindres détails.

Je tremble de tous ses membres. Ce n'est pas de froid – je me suis rhabillé – mais d'angoisse, d'incompréhension, de peur, mais aussi de chagrin. Mes cours me reviennent à l'esprit et ma situation est un remake de l'un d'eux.

– *Un homme trouvé à côté d'une morte. Aucun*

souvenir. L'impression soudaine que sa vie va prendre fin. La garde à vue, l'accusation, la mise en examen, l'incarcération. Et puis le procès et tout ce qui suit. Coupable !

– Alors, avez-vous une explication à me

donner, susurre l'homme de Cro-Magnon. De quoi vous souvenez-vous?

– J'ai bu une coupe champagne avec Léane et

Ange De Vecchio. Ensuite ils ont dansé et je les ai vus sortir dans le jardin. Je me suis tout à coup senti très fatigué, il fallait que je m'allonge. Je suis entré dans cette chambre, j'ai entre-ouvert la baie vitrée, aperçu Léane et Ange. Il l'avait enlacée. C'est à ce moment que J'ai remarqué sa main droite qui lui caressait la cuisse, remontant sous sa robe, fendue jusqu'au genou. Elle semblait vouloir le repousser et avait posé ses deux mains sur le torse de l'homme. J'aurais voulu crier mais trop faible pour agir, j'ai titubé jusqu'au lit où je me suis écroulé tout habillé. Même pas pris le temps de me déchausser. C'est mon dernier souvenir.

— Bien ! Bien ! Nathan Maurel, compte tenu de

mes premières constatations, de votre présence sur la scène du crime, nous sommes le 1er juillet 1997. Il est 4h, je vous place en garde à vue. Abdel, tu lui dis ses droits, tu le conduis ensuite à l'Évêché*. Je vous rejoins, le temps de discuter avec le légiste. Les parents de la jeune fille nous retrouvent là-bas.

Anéanti, je n'offre aucune résistance. Mon cerveau refuse toute sollicitation, rien ne lui revient, aucun souvenir des événements survenus pendant ce que pense, avoir été mon sommeil.

* *

Recroquevillé sur la banquette arrière de la voiture qui m'emmène loin de cette chambre funeste, j'essaie de faire le vide dans mon esprit. je m'isole mentalement de tout ce bruit, des policiers

211

qui m'encadrent, de la lumière clignotante du gyrophare. Faire le vide, ne plus penser à rien d'autre qu'à ce qui a pu se passer quelques heures plus tôt, revivre ces instants qui vont décider de mon avenir. Ma formation d'étudiant en droit pénal me souffle que, pour moi, la remontée de mes souvenirs est cruciale, que d'elle dépendra la suite de cette affaire. Je le sens, je le sais.

Une coupe de champagne bue en compagnie de Léane et d'Ange De Vecchio, le souvenir d'elle et lui sur la piste de danse, leur sortie dans le jardin. Je me revois les suivre du regard. Soudain une bouffée de chaleur m'envahit, ma tête tourne. Je ressens un besoin irrépressible de m'allonger, de dormir. Je me revois entrer dans la chambre, entre-ouvrir la baie vitrée, apercevoir mon amie dans les bras du bellâtre, mon incapacité à réagir et m'écrouler, tout habillé, sur le lit. Ensuite plus rien jusqu'au cri qui me fait sortir de cette espèce de coma qui me rend amnésique. Pourquoi n'ai-je que mon caleçon pour tout vêtement ? Quand me suis-je déshabillé et pourquoi ? Comment Léane s'est-elle retrouvée à mes côtés, morte ?

Soudain une petite lumière se met à clignoter dans ma tête. Une seule et unique raison à ma perte de mémoire : j'ai été drogué. La coupe de champagne proposée par Ange, sans aucun doute. Auparavant, je n'ai bu qu'un cocktail sans alcool, préparé devant moi. Je me redresse, réconforté par cette possibilité. Les examens sanguins parleront, j'en suis sûr. Ils prouveront sans conteste que j'ai absorbé, à mon insu, une substance illicite. Mais administrée par qui ?

Ange De Vecchio – c'est lui qui est allé au bar prendre les boissons - Et pourquoi ? Mentalement, je prépare ma défense. Je saurai quoi dire et demander lors de mon interrogatoire. Rassuré mais pas encore serein, je m'y prépare. Me souvenant de l'attitude du commandant Santoni, je me doute que ce n'est pas gagné. Je soupçonne ce dernier d'avoir déjà établi son jugement. Je frissonne, l'angoisse me saisit de nouveau à la gorge. Ma poitrine enserre mes poumons dans un étau douloureux. La lutte va être difficile, l'interrogatoire long et pénible.

Parvenus dans la cour de l'Évêché, je suis conduit sans ménagement dans une salle d'interrogatoire.

Installé sur une chaise, menottes aux poignets, je suis confié à la garde d'un policier à l'allure peu aimable. Je recommence à trembler.

* L'Évêché

Connu sous le nom d'Évêché, c'est l'Hôtel de Police de Marseille, commissariat central de la cité phocéenne.

A Marseille, l'Évêché c'est un peu comme le 36, quai des Orfèvres, à Paris. A la fois hôtel de police et mythe. C'est aux pieds du quartier du Panier et en face de la cathédrale de la Major que l'on trouve, l'Évêché, mythique Hôtel de Police marseillais. Une appellation qu'il a directement héritée de son passé.

En 1620 le terrain est réquisitionné pour servir de résidence à l'évêque de Marseille, Artus Despinay de Saint-Luc, qui s'y fait construire un nouveau palais épiscopal. Il devint la résidence des évêques de Marseille.

Au fil des décennies et des siècles, le palais épiscopal connaît des évolutions architecturales comme l'établissement d'une galerie au 18e siècle ou encore un remaniement au 19e siècle, au moment de la construction de la nouvelle Major.

Quant à sa fonction actuelle d'Hôtel de Police, c'est en 1908 qu'elle entre en vigueur, en application de la loi du 9 décembre 1905 relative à la séparation de l'Église et de l'État. L'édifice originel étant trop petit pour héberger l'ensemble des services de police, un bâtiment moderne lui est ajouté en 1950.

Le vieil immeuble n'étant plus aux normes, il se dit qu'un déménagement se déroulerait en 2028, délai ultime pour rejoindre le quartier Saint-Pierre.

Commandant Santoni

A Aix, le commandant Santoni a interrogé le légiste, écouté ses premières constatations, refait un autre tour de la scène de crime. Il a hoché la tête et installé un sourire carnassier sur ses lèvres.

— Il ne pourra pas échapper à une inculpation,

pense-t-il. Je vais conclure ma vie professionnelle sur un succès. Le public va se délecter de cette histoire. A nous deux, Nathan Maurel, meurtrier d'une jeune fille sans défense.

* *

Le commandant a rejoint l'Évêché. Derrière une glace sans tain, il observe Nathan. Il a plissé ses petits yeux et enregistre toute la gestuelle corporelle du présumé coupable. Il note les épaules contractées, le regard perdu, les lèvres qui murmurent des phrases inaudibles, comme s'il se parlait à lui-même. Santoni s'adresse mentalement à sa proie

— Tu ne pourras pas nier longtemps ta

culpabilité. Je te laisse mijoter encore un peu, le temps de discuter avec les parents de la morte. Et j'ai horreur de ça.

Il s'éloigne vers son bureau tandis que le jeune homme, de plus en plus perdu s'affaisse sur sa chaise.

Dans le couloir, il compose un numéro sur son portable et murmure à voix basse :

– Bonsoir, Monsieur ! Tout est en ordre.

Il raccroche aussitôt. Dans la pièce, il sait qu'un couple l'attend, les yeux pleins d'interrogations. Même pour cet être frustre et, en apparence, dépourvu de toute sensibilité, le moment va être difficile, douloureux.

La main sur la poignée, il respire un grand coup, se compose un visage avenant. Ne pas montrer tout de suite qu'il est porteur d'une terrible nouvelle qui va briser deux vies à jamais. Y aurait-il un cœur qui bat sous ce vieux costume usagé

Il entre, un léger sourire sur les lèvres. Deux visages suppliants, deux paires d'yeux interrogateurs, le fixent.

— Madame, Monsieur ! Commandant Santoni, se présente-t-il ! Merci de vous être déplacés si tôt .

— Que se passe-t-il, demande Paul Chauvin.

Est-il arrivé quelque chose à notre fille. Elle n'est pas rentrée du bal de promo ! Nous sommes inquiets.

— A-t-elle eu un accident? C'est grave ? Dites-nous ! implore Églantine, la maman.

Cro- Magnon se racle la gorge et demande :

— Quand l'avez-vous vue pour la dernière fois ?

— Hier soir, vers vingt-une heure trente lorsqu'elle a quitté la maison pour se rendre à la fête de fin d'année.

— Elle était seule ?

— Non ! Nathan l'accompagnait.

— Nathan Maurel ? demande le commandant

– En effet. Ils sont partis ensemble. Ils ont

quitté la maison pour se rendre à la soirée. Mais enfin, pourquoi toutes ces questions ? Allez-vous nous dire ce qui se passe?

– Votre fille est morte !

Santoni a dégoupillé sa grenade et l'a lancée à la face de ces parents perdus, terrifiés. Son humanité n'aura duré que le temps d'un éclair. Il va droit au but, sans ménagement. Il n'aime pas ça ! Alors mieux vaut en finir rapidement.

– Morte ? Notre Léane, morte? disent-ils

incrédules.

L'annonce fait son chemin jusqu'à leur cerveau qui refuse d'assimiler cette terrible information. Et puis, soudain, un hurlement de fauve blessé retentit, parcourt les couloirs, envahit les bureaux, faisant se dresser les poils des personnes présentes. La grenade de Santoni vient de toucher la maman en plein cœur, elle s'effondre. Paul la soutient, mais ne peut retenir le flot brûlant qui jaillit, s'écoule sur son visage, en un torrent ravageur.

Leur monde vient de se dérober sous leurs pieds. Ils tombent dans un gouffre sans fin, impuissants, cœurs à l'agonie. Le Samu est alerté, Églantine est conduite à l'hôpital.

* *

Dans la salle de séjour, le silence occupe tout l'espace. Alexis vient de terminer la lecture du carnet de Nathan. Il lève les yeux et rencontre le regard interrogateur du jeune homme. Il est horrifié par ce qu'il vient de lire.

— Et c'est tout ? demande-t-il. Il n'y a pas eu

d'autres investigations ? D'autres recherches ?

— Non, rien d'autre sinon la certitude du

commandant Santoni de ma culpabilité. Depuis son premier pas dans la chambre, il était persuadé de tenir le coupable. La suite de mon récit vous en dira un peu plus.

L'avocat hoche la tête et se replonge dans le récit de Nathan.

Que vais-je encore apprendre?

Julien avait donc vu juste. Ce dossier est truffé d'erreurs .

Oubli ou volonté délibérée ?

* *

— Bien, Monsieur Maurel, reprenons. Racontez-- moi comment vous avez commis ce crime odieux.

Mains croisées dans le dos, Santoni arpente la pièce sinistre. Il n'a pas ôté le feutre informe qui lui sert de couvre-chef. C'est un peu sa marque.

Affalé sur ma chaise, menotté à la table, je ne réagis plus. Je suis épuisé. je fixe le mur face à moi : une paroi gris sale, des coulées de moisissures, des toiles d'araignées, frontière infranchissable entre moi et la liberté, entre moi et la vie extérieure.

Le commandant revient à la charge, voix tonitruante qui cogne les murs.

— Que voulez-vous que je vous dise de nouveau. Pourquoi cet acharnement ?

— Parce que vous avez assassiné une jeune fille innocente et que vous refusez d'avouer.

— Je vous l'ai dit et redit, je ne me souviens plus de rien et je n'ai pas tué Léane. Elle était ma sœur de cœur. Jamais je ne lui aurais fait de mal. Interrogez plutôt Ange De Vecchio avec qui je l'ai vue en dernier, dans le jardin.

A cet instant, on frappe à la porte. Le lieutenant Abdel Boualem entre.

— L'avocat de Monsieur Maurel vient d'arriver et demande à s'entretenir avec son client.

— Mais je n'ai pas sollicité d'avocat

— C'en est un commis d'office, répond Abdel.

— Qu'il entre. Je vous laisse trente minutes.

S'avance, dans la pièce, un tout jeune homme, les yeux cachés derrière des lunettes à grosse monture, aux verres épais qui lui mangent le visage. Il semble intimidé, fébrile. Il se présente :

— Maître Benoît Royer. J'ai été appelé par le greffe du tribunal pour vous assister. Pouvez-vous m'expliquer de quoi vous êtes accusé ?

Il s'installe à la table, sort un bloc-notes de sa sacoche. Je remarque le tremblement de ses mains, son regard perdu, sa voix telle un souffle qui peine à s'extraire de sa gorge.

— C'est votre premier dossier ? je demande

— Le tout premier. J'ai obtenu mon diplôme en juin.

Je pense que tout est réuni pour me faire accuser,. Mais comment pourrait-il en être autrement ? Je ne peux pas m'offrir un ténor du barreau. Advienne que pourra. Je viens de perdre tout espoir d'être entendu.

Après vingt-quatre heures de garde à vue, le commandant Santoni m'informe de ma mise en examen.

S'en suit ma présentation à un juge d'instruction à qui je raconte pour la énième fois tout ce dont je me souviens. Mon avocat, qui m'accompagne, est muet ou presque, n'apportant aucune contradiction aux arguments avancés, aucun élément nouveau. Rien qui puisse un instant faire douter le magistrat qui s'en bat les flancs. Pensez donc ! Une histoire banale, sordide qui ne va lui demander aucun effort. Bonne pioche.

— Monsieur Nathan Maurel, compte tenu des

preuves en ma possession, je vous place en détention provisoire. Vous serez transféré aux Baumettes dans la journée dans l'attente de votre procès. Avez-vous quelque chose à ajouter ?

— Non, Monsieur le Juge, juste que je suis

innocent de ce dont on m'accuse.

— Évidemment. Emmenez-le, ordonne-t-il aux deux policiers qui attendent dans le couloir.

Voilà, tout est dit. Je vais donc rejoindre la case prison sans passer par la case sortie.

Le verdict

– Coupable !

Tel le couperet de la guillotine, le mot prononcé par le premier juré résonne dans la salle d'audience, rebondit d'un mur à l'autre tandis que mon cri déchirant se fracasse dans le prétoire. Une longue plainte de désespoir

– Nonnoooonn ! Ce n'est pas moi ! Je suis innocent !

Un tribunal lugubre. Les robes noires qui s'agitent, comme des ailes de corbeau, les mots qui résonnent, qui décortiquent ma vie. Dans leur box, les jurés muets, perplexes, certains compatissants, d'autres déjà sûrs de leur jugement. Et puis mon avocat. Un novice, juste pourvu de son diplôme. Un commis d'office – je n'avais pas les moyens de m'offrir un ténor du barreau – qui se prend les pieds dans sa robe, qui ne parvient pas, avec sa plaidoirie, à capter l'attention des jurés ni à effacer le petit sourire satisfait du procureur général qui se frotte les mains intérieurement. Mais aussi les parents de Léane qui n'en peuvent plus de souffrance et d'incompréhension. Cette question qui revient sans cesse à leur esprit – pourquoi Nathan a-t-il tué Léane ?

Moi, je continue à clamer mon innocence, les implorant de me croire. Les regards que nous avons échangés, les ont plongés dans un questionnement sans réponse.

– Coupable, a déclaré le premier juré. Nous demandons vingt ans de réclusion.

– Accusé, levez-vous ! Monsieur Nathan Maurel nous vous condamnons donc à vingt années de réclusion, confirme le président. Après deux ans de préventive, il ne vous reste plus que dix-huit années à accomplir. Gardes, ramenez-le prévenu aux Baumettes. Vous rejoindrez ensuite Luynes pour y purger le reste votre peine.

J'aperçois ma mère en pleurs. Comment faire pour lui redire que je n'ai rien fait, que je suis innocent ?

– Pardon, maman chérie. Pardon du chagrin, de la souffrance que je te cause. Je t'aime.

J'ai murmuré c**es** paroles. Un tout dernier regard et ils m'emmènent.

Dans la salle, des murmures s'élèvent : les uns de satisfaction, les autres de douleur. Les gendarmes me menottent et m'entraînent hors de la salle d'audience. Je viens d'être condamné pour avoir assassiné une jeune fille. J'ai juste vingt ans. Ma vie vient de basculer du côté obscur, dans la souffrance, le vide.

Et je disparais dans le couloir des condamnés

Carnet n°3

Maison d'arrêt de Luynes

(Bouches-du-Rhône)

Cellule n° 38

2 ème étage

3 ème porte à droite

* * *

On dirait une adresse postale, me suis-je dit en la lisant. Elle sera la mienne pendant dix-huit années, fait remarquer Nathan à Alex qui ouvre cet ultime cahier.

Après quelques années passées en prison,
on se trouve aussi oublié
qu'un homme sous terre, dans son cercueil.

Edward Bunker

La prison

Lorsque je pénètre dans la cellule 38 avec tout l'attirail du parfait prisonnier, je me trouve en présence d'un vieil homme. Il est assis sur son lit, un livre en mains.

— Salut, Gaspard, lui dit le gardien. Je t'amène

un compagnon. Nathan Maurel qu'il se nomme. Sois cool avec lui. Rencarde-le sur le bon usage et les règles de notre hôtel cinq étoiles. Bonne installation, me souffle-t-il en sortant..

Le maton sort, referme la porte mais ouvre le judas pour vérifier que tout va bien. Moi, je suis pétrifié. Je n'ose pas avancer dans la minuscule pièce que nous allons devoir partager. Mon compagnon d'infortune s'est levé et s'approche de moi. Il est immense. Stature imposante, bâti comme un bûcheron canadien, il en impose malgré son âge. Mais ce qui m'impressionne le plus ce sont ses yeux. Deux billes couleur ciel sans nuage, d'un bleu si clair qu'il en est transparent. Dur à soutenir, il me fouille au plus profond de l'âme, semble lire en moi comme si tout était écrit sur mon visage, dans mon attitude. Je me recule à son approche.

– Ne crains rien, petit, me dit-il. Je ne te ferai

aucun mal. Je sens que tu souffres suffisamment comme ça. Installe-toi sur le lit du haut. Tu as trois casiers pour tes affaires personnelles. Nous parlerons quand tu te sentiras de le faire. Sois le bienvenu dans ce lieu de misère.

Après cette entrée en matière, il se rassoit sur son lit et poursuit sa lecture sans plus se soucier de moi. Je l'observe un peu mieux

Mon compagnon d'infortune est un vieil homme, du moins il en a l'apparence. Sûrement cette vie de détenu qui l'a broyé, le faisant vieillir plus vite qu'à l'air libre. Aussi gris, aussi terne que les murs de la cellule, il me jauge et me sourit gentiment.

– T'en fais pas, mon gars, ça passera, ça finit

toujours par passer. Tu apprendras à vivre dans ce cachot, dans cette ambiance. Il le faudra si tu veux survivre.

– Mais je suis innocent. Je n'ai rien fait qui

justifie mon enfermement. Je veux sortir.

– Tu sais, on dit tous que l'on est innocent. On

refuse de devoir vivre et vieillir dans une cage de neuf mètres carrés. On se révolte contre tout, la société, la justice, les amis qu'on a perdus, qui nous oublient. Peu à peu, on se dilue dans ce lieu, on abandonne l'espoir. On devient un numéro qui se meut au rythme des promenades, des repas et parfois du travail. On n'est plus rien qu'une ombre sur le bitume de la cour de récréation. C'est inhumain et humain à la fois. Alors, mon garçon il va falloir te résoudre à devoir vivre et vieillir dans un cachot, derrière une porte blindée et surveillé nuit et jour par des matons pas toujours commodes. Te battre contre cette impression d'injustice, cette sensation de trahison, ne te fera pas revenir en arrière. Bâtis dès maintenant ton avenir ici et pense à celui qui sera le tien quand tu sortiras. Tu as tout le temps qu'il faut pour l'envisager et le préparer.

— Mais moi, je le suis vraiment, innocent. Je

suis une victime, une victime, je lui dis, des sanglots dans la voix.

— Surtout ne pleure jamais ou tu es mort. Les

gros bras qui règnent ici te feront passer pour une tap...., une mauviette ; tu deviendras leur tête de turc, leur souffre-douleur.

* * *

Après avoir placé mes affaires dans le placard, je m'installe sur ma couchette. Je reste prostré durant des jours et des jours, replié sur moi-même, mes bras enserrant mes genoux, mon esprit refusant de voir ces quatre murs gris, sordides, cette lucarne aux barreaux rouillés ne permettant pas de regarder vers l'extérieur. Juste un rectangle de ciel tantôt bleu, tantôt gris. C'est ainsi que je le vois au rythme changeant de mon humeur. Je vais passer ainsi des jours, des nuits et des semaines à me morfondre, à pleurer sur l'injustice qui m'est faite. Je n'émerge que pour la promenade, les repas ou la douche.

Que dire à tous ces yeux qui me scrutent ?

Qu'ai-je de commun avec ces êtres qui me semblent incarner toute la violence ou la misère du monde ?

* * *

Pour les repas que je prends avec mon compagnon de cellule, ils se font dans le silence le plus complet, dans le plus grand mutisme. S'il essaie d'entreprendre une conversation, mes réponses sont lapidaires et sèches, ôtant à mon interlocuteur l'envie de poursuivre la discussion. Le reste du temps, je rumine, je passe en revue tout ce qui a pu se dérouler ce maudit soir de juin 1997.

Et puis le temps passant, je refais surface lentement. Je comprends que tout ce repli sur moi-même, que toute cette révolte ne changeront rien au sort qui m'est fait. Je dois me résigner à devoir passer les dix-huit années qui viennent dans ce bocal de neuf mètres carrés, à tourner en rond en compagnie d'un autre poisson rouge.

— Alors, mon garçon, me dit-il ce matin-là, tu

as fini de gémir, de pleurer sur ton sort, de crier au scandale ? Tu te sens mieux ?

— Mieux, pas vraiment mais conscient que de

me laisser envahir par l'angoisse et le sentiment d'injustice, ne me conduira nulle part sinon à pourrir ma vie à venir, dans ce lieu.

— Bien raisonné, gamin. Tu as compris que

pour toi, l'acceptation devait remplacer l'incompréhension. Il t'aura fallu du temps pour y parvenir mais peu importe. Tu as trouvé le chemin de ta liberté d'esprit et celle de ton âme à défaut de ta liberté tout court. Bienvenue dans notre monde carcéral. Et puisque te voilà parmi nous, je vais te donner quelques tuyaux afin que ce temps qui s'en vient, se passe pour toi de façon, je ne dirais pas agréable, mais au moins supportable.

J'écoute Gaspard et je me demande ce qu'a bien pu faire cet homme qui me paraît plein de bon sens et qui utilise un vocabulaire élaboré, loin de celui d'un malfrat ou d'un détenu quelconque.

— Puis-je te poser une question ? Si je suis trop indiscret, ne me dis rien.

— Va toujours. Je verrai bien si je satisfais ta demande.

— Pourquoi es-tu ici? Qu'as-tu fait pour être.

enfermé depuis si longtemps ? Tu m'as dit que c'était une longue histoire et puisque que me voilà revenu sur terre, je peux l'écouter.

— Je suis ici depuis quinze années, ainsi que je

te l'ai dit et j'en ai jusqu'à perpette. Je serais sans doute mort avant que tu ne sortes. Tu veux savoir ? Alors écoute.

* * *

Gaspard, mon colocataire

Gaspard raconte

Je suis Gaspard de Servin. J'ai soixante-quinze ans. Originaire d'un petit village de l'Ariège, j'ai fait mes études à Toulouse. Après une licence en droit, je suis entré à l'école de police. Sorti lieutenant, j'ai intégré une unité spécialisée dans la traque de personnes dangereuses, de terroristes et autres malfrats en tous genres. Passé commandant, j'ai pris la direction d'un groupe d'élite, basé à Marseille. Je partais en mission de trois, quatre semaines voire plus. J'adorais ces moments très particuliers qui font monter l'adrénaline, courir des frissons sur votre échine et vous lancent dans l'action quels qu'en soient les risques. C'est dans cette ville qu'un jour de repos, j'ai rencontré Magali. Sur la plage des Catalans, dans un rayon de soleil couchant, j'ai vu Vénus sortir de l'onde. Un corps magnifique - à faire grincer les dents de

Brigitte Bardot -, une chevelure couleur corbeau cascadant sur ses épaules dorées par le soleil et des yeux tels deux émeraudes enchâssées dans un visage à l'ovale parfait. Sans tonnerre, sans éclair, je venais d'être foudroyé sur place. Magali, jolie provençale de vingt-cinq ans, venait de me toucher en plein cœur.

* *

— Voilà pour la plus belle partie de mon

histoire, murmure Gaspard, les yeux brillant de larmes. *Il se racle la gorge*. Tu veux vraiment connaître la suite ? Me demande-t-il.

— Bien sûr. Si tu veux bien aller jusqu'au bout

de ton histoire. Tu aimais cette femme de tout ton cœur, à en croire ta description.

— De tout mon cœur, de tout mon être, de

toute mon âme. Je n'avais jamais éprouvé ce sentiment qui fait bouillir le corps et vous remplit de joie et de désir. Je m'étais promis de ne jamais aimer tant que je faisais ce métier si dangereux. Ma promesse n'a pas tenu longtemps face à elle. Nous nous sommes mariés et installés dans un joli appartement, un duplex sur la Corniche, face à la mer. *Il marque un temps d'arrêt.* Je vais aborder la partie la plus sordide de mon histoire. Il repend son récit.

Nous étions heureux et amoureux. Durant quatre années, notre ciel a été sans nuages même si Magali se plaignait, parfois, de mes absences longues, sans nouvelles, sans contact. Pour moi aussi nos séparations me pesaient mais c'était ma vie, mon métier, mon engagement. Inexorablement des difficultés se sont faites jour, mes retours ne déclenchant plus la passion de nos premières années. Bientôt je l'ai sentie distante, détachée, quelquefois repoussant mes caresses. Quand je l'interrogeais, elle me répondait toujours qu'il n'y avait rien, qu'elle était fatiguée. Bref, un malaise s'est infiltré dans nos relations. Est arrivé ce qui devait arriver. Au retour de ma dernière mission, je décidai de rejoindre la maison le plus rapidement possible pour lui en faire la surprise et lui annoncer ma décision de quitter ce métier. Il était vingt-deux heures lorsque je suis arrivé à l'appartement, tout était éteint. Elle devait dormir. Je suis monté à l'étage sans faire de bruit, j'ai ouvert la porte de notre chambre. Et... je suis resté dans l'encadrement, regardant sans y croire, la chevauchée passionnée de deux corps enlacés. Chaque coup de rein, chaque gémissement étaient un poignard planté dans mon cœur. Mon cerveau refusait de croire, de comprendre ce que je voyais. J'ai doucement refermé la porte et suis redescendu dans le salon. A chaque marche franchie, ma douleur s'est muée en colère. Ma rage a grandi, c'était ma descente aux enfers. Mâchoires serrées, une colère froide m'a submergé et j'ai perdu toute notion du bien et du mal. J'ai saisi mon arme de service et je suis remonté. La porte de la chambre a claqué contre le mur, ce qui les a fait se redresser sur le lit, nus, enroulés dans les draps. Ils m'ont regardé et j'ai vu dans leurs yeux horrifiés, passer la stupeur, l'incompréhension, la peur. Tétanisés, un cri muet s'est figé sur leurs lèvres lorsque j'ai levé mon pistolet et que je leur ai logé une balle dans la tête. Je suis resté un long moment à les regarder. Puis j'ai appelé la police. Scène banale d'un crime passionnel banal, même si en France cette dénomination n'existe pas. Comme tu le vois, l'horreur d'un geste irréfléchi, un acte juste guidé par la douleur et ce sentiment de trahison qui a anesthésié mon jugement. Qu'est-ce qui m'a fait agir de cette façon ? La folie, la douleur ou bien mon orgueil de mâle devant une telle trahison ? J'ai pris perpette pour ces deux meurtres. Aucune circonstance atténuante n'a été retenue et c'est bien comme ça. Voilà, gamin, tu sais tout. Tu vas moins m'apprécier maintenant.

Je ne dis plus rien et fixe Gaspard avec intensité. Comment cet être qui lui paraît doux et calme a-t-il pu commettre un tel acte ?

   – Je peux imaginer la souffrance que tu as

ressentie en découvrant l'infidélité de cette femme que tu aimais tant. Je peux comprendre aussi ton geste même si rien ne l'excuse.

   – Non ! Rien ne l'excuse et c'est pourquoi je

n'ai demandé aucune circonstance atténuante, assumant ma culpabilité, acceptant le verdict comme un juste châtiment.

Le silence s'installe dans la cellule, chacun de nous se refermant sur ses images, ses souvenirs.

Alexis a refermé le carnet, il caresse sa couverture du bout des doigts., attendant que Nathan s'exprime.

– Ainsi qu'il l'avait prédit, Gaspard est mort six mois avant que j'aie purgé la totalité de ma peine. Un matin, je l'ai trouvé inanimé dans son lit. Les gardiens alertés, le médecin arrivé rapidement n'ont pas pu le ranimer. Il était vieux et avait succombé à une crise cardiaque..

Merci, à Gaspard, mon ami et bon repos au ciel. Grâce à lui, à sa gentillesse et à sa protection, j'ai passé ces dix-huit années le plus confortablement possible. Sans craindre les possibles passages à tabac des autres prisonniers. Il m'a écouté, il m'a protégé. Il était respecté de tous et toujours de bon conseil.

Les deux les deux hommes se taisent, chacun perdu dans ses réflexions, Alexis dans les méandres de l'affaire, Nathan, dans ses souvenirs. L'avocat s'est levé et s'approche de la bibliothèque. Il aperçoit l'album-photos et s'en saisit.

— Je peux ? demande-t-il à Nathan.

— Bien sûr.

Réinstallé dans son fauteuil, Alex ouvre le classeur.

— C'est votre maman? Comme elle est belle !

— C'était une femme adorable, une maman

géniale. Jamais elle n'a cru en ma culpabilité. Jamais, durant des années, elle n'a manqué un parloir. Qu'il pleuve, qu'il vente, que le froid transperce les corps ou que la chaleur écrase la terre, elle était présente. Et puis la maladie nous a privés de ces moments d'amour. Elle est partie trop tôt, trop vite. Il soupire, cœur serré.

— Je peux vous demander une faveur ?

interroge Alexis.

— Dites toujours.

— J'aimerais emporter vos carnets et les faire

lire à la Procureure, à la juge ainsi qu'au capitaine Boualem.

– Vous pouvez. Boualem, dites vous ? Lors de

mon interpellation, le soir du meurtre, il y avait un inspecteur du même nom. Est-ce lui ?

– Vous vous en souvenez ? demande l'avocat,

surpris. C'est bien lui, en effet. Il est capitaine maintenant et s'est joint à notre groupe pour tenter de vous innocenter.

* * *

Mercredi 26 juillet

Palais de justice

Aix-en-Provence

**

Bureau du Capitaine Boualem

* *

Penché sur un dossier ouvert devant lui, Abdel Boualem semble perdu dans ses réflexions. Un coup léger frappé à la porte lui fait lever la tête. La juge entre.

— Alors, Abdel, toujours dans la lecture des

comptes-rendus des interrogatoires?

— Oui, Juliet. J'ai entendu tous les convives

présents lors de la découverte du drame. Tous s'en souviennent très bien et rien ne change dans leurs nouvelles déclarations.

– Pourtant quelque chose vous chiffonne, me semble-t-il.

– Effectivement. Je viens de constater qu'un invité, parmi ceux partis vers minuit, n'a jamais été interrogé.

– De qui s'agit-il ?

– D'Ange De Vecchio.

– Tiens ! Tiens ! Comme c'est étrange. Et sait-on pourquoi ?

– Il s'était envolé pour les États Unis, le lendemain matin, très tôt. Un stage à effectuer dans un cabinet d'avocats de Chicago. Il n'a jamais été recontacté, même à son retour, deux mois plus tard.

– Une piste à creuser, ne pensez-vous pas ? suggère la juge.

– Il y a autre chose, continue Abdel.

— Et quoi donc ?

— Le vigile. Il a été convoqué mais je trouve les questions posées, un peu légères. Je les convoque ?

— Et comment ! Et sans tarder ! Beau travail, Capitaine, le félicite Juliet. Allons en parler à la Proc.

— Avec grand plaisir, Madame la juge, fait-il en la saluant bien bas.

— Cessez donc de faire le pitre, dit-elle avec un grand sourire.

Ils se présentent au bureau d'Ereen et le capitaine explique à la proc ce qu'il a trouvé comme incohérence dans les dossiers étudiés.

— Je trouve, moi aussi, que le nom de De Vecchio revient bien souvent dans cette affaire. Vous le convoquez pour demain, à 10h, ordonne la procureure.

— Le délai va être trop court, fait remarquer Juliet.

— Faites la lui porter, dès huit heures, par un motard de la gendarmerie.

— Pour le vigile, quand voulez-vous que je le reçoive ? interroge Abdel.

— Vous savez où il réside ? Où il travaille ?

— Oui, Madame.

— Faites comme vous l'entendez mais le plus rapidement possible.

— Pardon, Madame, - *Charles, le greffier, vient de sortir de derrière ses dossiers.* Puis-je m'absenter un moment ?

— Ça ne va pas ? Vous êtes tout pâle, s'inquiète Ereen. Bien sûr et prenez votre temps.

L'homme sort rapidement. Ereen, Juliet et Abdel se regardent, intrigués par ce malaise soudain.

— Je crois que vous aviez raison concernant

Charles. C'est bien la première fois qu'il se sent mal.Je pense que nous tenons notre taupe. Attendons demain et puis nous lui tendrons un piège.

— Réunion demain soir chez moi. Si nous avons

raison, nous mettrons au point une tactique pour le coincer ainsi que De Vecchio. Autre chose ! Avez-vous lu les carnets de Nathan Maurel ?

— Je viens de les terminer, dit la proc. Quelle

tristesse mais quel courage a eu ce garçon, quelle souffrance aussi. J'en aurais pleuré.

— Pour ma part je viens de terminer le

deuxième, déclare Abdel. Je m'y suis retrouvé ainsi que l'homme de Cro-Magnon, comme il l'appelle et je me souviens très bien du coup de téléphone qu'il a passé avant de voir les parents.

— Vous avez entendu sa conversation ?
demande Juliet.

— Oui, je sortais d'un bureau et il ne m'a pas
vu. Ce n'était qu'une phrase assez mystérieuse. Il a
dit : « Bonsoir, Monsieur ! Tout est en ordre.» et a
raccroché aussitôt. Je crois avoir, aujourd'hui, une
petite idée quant à son interlocuteur.

— Bien, alors à demain soir. Bonne journée à
vous deux.

Le greffier ouvre la porte au moment où Juliet et
Abdel s'apprêtent à sortir.

— Vous sentez-vous mieux, demande la juge.

— Oui, merci, Madame. Beaucoup mieux. - Il a
retrouvé des couleurs et un sourire étire les coins
de sa bouche.

* * *

Vendredi 28 juillet

Mas des Oliviers

A 19h 30, les quatre compères sont réunis autour de la table, chez Juliet. La discussion va bon train. Les dernières découvertes du capitaine Boualem les enchantent et les confortent dans leur implication dans ce dossier.

— Racontez-nous, demande la procureure. Comment s'est passée l'audition d'Ange De Vecchio ?

— Elle ne s'est pas passée parce qu'il n'est pas venu, répond Abel.

— Comment ça, pas venu ?

— Non, Madame. Lorsque le motard s'est

présenté à son domicile, c'est la gouvernante qui lui a ouvert et lui a indiqué qu'il était parti précipitamment, la veille.

— Pour quelle destination ?

— Elle n'en sait rien mais sans doute a-t-il

rejoint son père, dans sa propriété, près de Figari, en Corse.

— Donc, il a été prévenu et il s'est barré. Nos

soupçons sont fondés, conclut Ereen. Nous allons donc tendre un piège à l'informateur. Voilà comment nous allons agir.

La procureure leur explique son plan, distribue les rôles.

— Vous deux, dit-elle à Juliet et Abdel, vous

prenez, demain, un avion pour Figari et vous vous mettez en contact avec la gendarmerie. Moi, je prépare les commissions rogatoires, l'une pour la Corse, l'autre pour ici. Alex, vous m'assisterez. Les perquisitions se dérouleront au même moment dans les deux habitations. Nous devons éviter qu'une preuve disparaisse si tant est qu'elle existe encore, si elle a jamais existé. Maintenant, mettons au point notre appât. Nous verrons bien si le poisson mord.

* * *

Lundi 31 juillet
Bureau d'Ereen Saurin
10 h

La porte du bureau s'ouvre avec fracas laissant entrer une Juge particulièrement remontée. Elle fulmine.

— Que vous arrive-t-il, demande la proc,

surprise par cette attitude. Un souci ?

— Oui, Madame la Procureure. Un énorme

souci !

— Expliquez.

— Ange De Vecchio n'a pas répondu à la

convocation du Capitaine Boualem. D'après son employée de maison, il a préparé un sac et a quitté l'appartement à toute vitesse après un coup de fil, reçu hier après midi. Selon elle, il aurait rejoint son père en Corse. Il s'est enfui.

— Bon ! Calmez-vous. Nous allons remédier à

cela. Charles, veuillez noter. Prévenir la gendarmerie de Figari d'avoir à se rendre au domicile d'Antoine De Vecchio, d'y appréhender son fils Ange et de le ramener à Aix. Compte tenu de l'heure, demandez qu'ils procèdent demain, à partir de six heures.

— Bien, Madame et il se saisit du téléphone.

Les deux femmes échangent un regard complice. Charles a blêmi, ses mains tremblent.

* * *

Antoine De Vecchio

* *

Villa Lélia

Figari

Corse

* *

Lundi 31 juillet - 18 h

Confortablement installé sur un transat, au bord de sa piscine, Antoine De Vecchio, savoure cette fin d'été toute en douceur. Une boisson glacée en mains, il regarde la mer qui scintille dans le lointain dans les derniers rayons du soleil couchant. Ils y font naître et danser des milliers de points d'or.

Un soupir de satisfaction soulève sa poitrine. Après toutes ces années passées au service de la justice, il apprécie cette liberté de mouvement, de parole qu'il a retrouvée avec la retraite. Il en a fini avec les meurtres, les règlements de comptes et autres affaires glauques. Il a rejoint son île natale et jouit sans aucune retenue de ce que sa vie précédente lui a offert comme avantages.

Posés sur une petite table près de son siège, un shaker, une assiette de petits fours et son portable. La nuit descend lentement, faisant s'allumer ça et là, des spots, dans le jardin et autour de la piscine. Le calme et la sérénité ont envahi son espace et il apprécie pleinement sa nouvelle vie.

Soudain, rompant le silence ambiant, son téléphone déverse une ritournelle qui semble le contrarier. Il se redresse et colle l'appareil à son oreille. Sans prononcer un mot, il écoute. Au fur et à mesure de la discussion, son visage se ferme, ses yeux s'assombrissent et sa voix se fait dure.

– Oh ! Putana ! Chi mi dici ?

– ...

– Di di novu !

– ...

– Si sicuru ?

– ...

– Ùn dì nunda. A prestu !

Et il raccroche. Il s'agite, marche de long en large. On sent une colère froide qui l'anime mais aussi de la peur. Il s'arrête brusquement et appelle :

– Angelu ! Torna e prestu.

Ange apparaît. Toujours élégant, affichant un sourire serein, il avance.

– Que se passe-t-il, père ? demande-t-il d'une

voix claire et posée.. Tu as l'air contrarié.

– Je le suis et pour cause. Sais-tu ce que je

viens d'apprendre ?

— Non, père, je ne sais pas.

— La procureure d'Aix, a fait rouvrir l'enquête

sur la mort de Léane Chauvin et cherche à te joindre.

– J'ai été prévenu d'une convocation à venir. C'est pourquoi je suis ici. Suis-je soupçonné ? Que dois-je faire ?

Ange De Vecchio a blêmi. Soudain, il perd de sa superbe. Il tremble.

— Mon informateur m'a prévenu que la

gendarmerie doit se présenter demain matin, à l'heure légale, pour te ramener sur le continent. Tu vas faire un sac et aller te réfugier dans la bergerie de Battistu. Ils n'iront pas te chercher là-bas. Je vois de quoi il retourne et nous aviserons. Spicci ti ! Madonna mia !

Ange De Vecchio fourre rapidement quelques affaires dans un sac de sport, enfourche sa motocross et disparaît sur le chemin qui conduit dans la montagne. Ce qu'ils ne savent pas, c'est que, dissimulés derrière un bosquet de chênes-liège, la juge, le capitaine Boualem et un gendarme de Figari, guettent la réaction des occupants de la villa.

– Qu'en dites-vous, Capitaine ? Nos soupçons

étaient fondés. Il y a bien une taupe dans notre entourage, déclare la Juge.

– Bingo ! Voilà une énigme solutionnée.

Passons à la suivante, la plus difficile. Savez-vous où conduit le chemin que le motard a emprunté ? demande Abdel au gendarme.

– Dans cette direction, je ne vois que la

bergerie de Battistu. Il y élève des brebis et produit un brocciu à vous faire tomber par terre.

– Bien. Nous irons demain matin, cueillir le fils

prodigue, tandis que vos collègues investiront la villa. Bravo, messieurs. Et si nous allions, maintenant goûter ce brocciu à tomber par terre ».

Satisfaits, ils quittent discrètement leur abri pour rejoindre la ville. Demain sera un autre jour.

* * *

Bergerie de Battistu

Mardi 01 août

6 h

* *

Un coup violent sur la porte de la petite maison tire Battistu de son sommeil.

— C'est quoi ce boucan ? se demande-t-il.

Comme s'il avait été entendu, une voix grave lui répond.

— Gendarmerie Nationale, Battistu, ouvrez la porte.

— Voilà ! Voilà ! J'arrive. Traînant les pieds, les yeux engourdis de sommeil , il s'exécute. Il est surpris de trouver sur son paillasson deux gendarmes, accompagnés de deux autres personnes.

— Bonjour, M. Battistu, Juliet Maillet, juge d'instruction, capitaine Abdel Boualem et les gendarmes, Lucca et Antoine, que vous devez connaître. Nous avons une commission rogatoire pour fouiller votre maison ainsi que la bergerie, déclare-t-elle.

— Une commission rogatoire ? Une fouille ? Et pourquoi ? demande-t-il, éberlué, en prenant le papier que lui tend Juliet.

— Parce que nous savons que vous cachez une personne que nous recherchons. Laissez-nous entrer.

Sans plus attendre, elle pénètre dans la grande pièce. Le capitaine et les gendarmes la suivent et se dispersent dans la maisonnette.

— Rien ici !

— Ici non plus !

— Vous voyez bien que je ne dissimule personne sous mon toit, ironise le berger.

— Ne nous prenez pas pour des débiles. La

moto, près la bergerie, est à qui ? A vos chèvres ? Elles font du cross dans la montagne ? C'est le capitaine Boualem qui ironise à son tour.

— Elle est a moi !

— Arrête Battistu. Je te connais depuis

longtemps et je sais très bien que tu n'as aucun engin de ce genre, déclare Lucca.

— Et, figurez-vous, qu'hier soir, continue Juliet,

nous avons suivi l'homme à la moto jusqu'ici. Alors, si vous ne voulez pas être accusé d'entrave à la justice, dites nous où il se trouve. (Elle ment mais pour le bien de l'affaire)

— Dans la bergerie, dans la soupente où je

range la paille. Chi disgrazia !murmure-t-il.

Sur un signe du capitaine, les deux gendarmes se dirigent la bergerie. Les chèvres s'agitent, dérangées par tous ces mouvements inhabituels. Endormi dans le foin, Ange De Vecchio ne les a pas entendus et se retrouve tiré de son sommeil et conduit devant la juge.

– Juliet Maillet, Juge d'instruction, près du

tribunal d'Aix-en-Provence. Bonjour, Maître De Vecchio ! Bien dormi ? Ravie de faire enfin, votre connaissance. Je commençais à trouver le temps long.

– Que me voulez-vous, interroge l'avocat, d'un

ton acerbe.

– Vous entendre dans une affaire mais comme

j'ai du mal à vous rencontrer, je dois user de stratagèmes pour y parvenir.

– Qu'ai-je à voir dans votre enquête ? demande

Ange De Vecchio

– Comment savez-vous que je mène une

enquête ?

– Simple déduction.

— Ne vous fatiguez pas ! Nous savons que vous

avez un informateur au tribunal. D'ailleurs, à l'heure où nous parlons, la taupe doit être sous les verrous.

Ange De Vecchio a blêmi. Le capitaine Boualem le saisit par le bras, le conduit à la voiture de la gendarmerie et demande à Antoine de rapatrier la moto à la caserne.

— Quant à vous, M. Battistu, je vais être

indulgente et vous laisser en liberté. Je pense que vous n'avez agi que pour rendre service à un ami sans poser de questions, dit la juge. Soyez plus circonspect à l'avenir. Belle journée à vous. Allons, dit-elle à ses compagnons. Ne manquons pas le bouquet final.

* * *

Mercredi 02 août

6h 30

Villa Lélia

En accord avec la juge d'instruction, le capitaine Orsini, de la gendarmerie de Figari, accompagné de deux gendarmes, se présente à 6h 30 à la porte de la villa. Antoine De Vecchio leur ouvre aussitôt. Il n'a guère dormi de la nuit. Il a imaginé tout un scénario qui lui permettra de ralentir l'interpellation de son fils.

– Antoine De Vecchio, déclare le capitaine

Orsini, nous avons une commission rogatoire afin de fouiller votre maison et de trouver votre fils,

Ange De Vecchio

Et il lui tend le papier officiel.

– Mon fils, mais il n'est pas ici. Il doit être chez

lui, à Marseille.

— Il ne s'y trouve pas et selon son employée de

maison, il a reçu, hier, un coup de téléphone qui a semblé le perturber. Il a aussitôt pris un sac et s'en est allé rapidement, sans leur laisser aucune instruction.

— Je ne peux rien vous dire. Fouillez, vous ne le

trouverez pas ici.

 L'inspection commence. Dehors, arrive sans sirène ni gyrophare, le véhicule de la gendarmerie transportant Ange De Vecchio. Ils pénètrent dans la maison et Juliet demande au capitaine Orsini

— Bonjour, Capitaine. Peut être est-ce cet

homme que vous recherchez ? Alors ne cherchez plus, nous l'avons trouvé.

— Doit-on poursuivre la perquisition ?

— Uniquement dans sa chambre. Récupérez

tout ce qui vous semble avoir de l'intérêt pour notre affaire : ordinateur, tablette, portable, photographies, bref tout ce qui pourrait avoir un rapport avec notre affaire.

Décomposé, l'ancien procureur se laisse choir dans un fauteuil. Son monde vient de s'écrouler. Tout ce qu'il a soigneusement bâti tout au long des années, tout ce pouvoir, cette puissance qui ont fait de lui un redoutable adversaire pour les avocats, pour les accusés, tout cela vient de voler en éclats. Il sait qu'il va devoir, lui aussi, rendre des comptes à cette justice qu'il a parfois bafouée, pour sa propre gloire. Il n'est plus qu'un vieil homme qui voit sa vie s'effondrer.

* *

Au même moment

à Marseille

Appartement d'Ange De Vecchio

Cheveux grisonnants emmêlés, visage bouffi de sommeil, robe de chambre informe, masquant mal les contours d'un corps imposant et flasque, pieds nus traînant dans des savates, la femme qui ouvre la porte, ressemble plus à la Thénardier, des Misérables, qu'à Mary Poppins. Cependant la voix est douce.

– Qu'est-ce qui se passe ? demande-t-elle.

Pourquoi vous nous réveiller si tôt ?

– Bonjour, Madame. Procureure Ereen Saurin, du tribunal d'Aix-en-Provence, Maître Alexis Chastaing et les officiers de police Léo et Paul.nous venons pour une perquisition. Maître Ange Maître Ange De Vecchio est-il présent ?

– Non, Madame la Procureure. Il a quitté

l'appartement mardi après midi, après avoir reçu un coup de téléphone. Il est parti sans rien dire, sans nous donner la moindre consigne.

— Êtes-vous seule ?

— Non, mon mari est dans la chambre. Pourquoi ?

— Nous devons fouiller la maison et en l'absence du propriétaire, nous avons besoin de deux témoins.

Tandis qu'Ereen et ses compagnons pénètrent dans le hall, l'employée de maison s'éloigne. Le couple revient rapidement, la perquisition peut commencer.

— Fouillez en priorité le bureau et la chambre. Je pense que nous ne trouverons rien d'intéressant mais ne laissons rien au hasard.

— Madame la Procureure, venez voir, lance Léo qui s'occupe du bureau.

Comme elle le rejoint, il lui montre un petit coffre qu'il vient de découvrir , caché derrière un joli tableau représentant un champ de lavande.

— Connaissez-vous la combinaison ? demande-t-elle à l'employée

— Vous voulez rire, répond la brave dame, un

rien désabusée. . Vous vous doutez bien qu'il ne l'a pas confiée au petit personnel,

— Effectivement, concède la procureure.

Elle saisit son portable, compose un numéro.

— Salut Juliet, c'est Ereen. Comment se passe

votre affaire ?

— Bien. Nous en avons terminé ici. Nous re-

-prenons l'avion dans la matinée. Pense à nous envoyer un véhicule.

— J'y ai pensé. Il vous attendra sur le tarmac.

As-tu notre témoin sous la main ? Si oui qu'il donne la combinaison du coffre s'il ne veut pas que je le fasse exploser et le mur avec.

– 030797, répond la juge après quelques

minutes de silence. Avez-vous trouvé quelque chose d'intéressant ?

– Rien pour l'instant et vous ?

– Nous non plus.

– Alors, on se voit cet après midi, à 17h, au

palais, pour un débriefing. Bye, Bye, Juliet ! Et elle raccroche

Alexis Chastaing compose le numéro sur le clavier et la porte du petit coffre s'ouvre. Il fait un rapide inventaire de son contenu.

– Quelques dossiers de ses affaires en cours,

mille euros en petites coupures et...*sa main a plongé tout au fond. Il ramène une enveloppe un peu jaunie et la tend à la procureure. Elle la palpe*

– Il y a quelque chose à l'intérieur., remarque-t-elle intriguée.

Saisissant un coupe-papier sur le bureau, elle l'ouvre avec précaution et en sort...un papillon bleu en fine dentelle, monté sur une épingle à cheveux.

Alex et Ereen restent sans voix. Sous leurs yeux étonnés, vient de surgir un indice évident.

— Voilà qui me paraît être une preuve

irréfutable. Notez, demande-t-elle à l'officier Paul, que nous avons ouvert le coffre de Maître De Vecchio, que nous confisquons les dossiers qui s'y trouvent, mille euros en petites coupures ainsi qu'une enveloppe contenant un papillon bleu. Madame, Monsieur, en tant que témoins, je vais vous demander de bien vouloir signer ceci . *Elle leur tend la feuille.* Vous serez convoqués plus tard pour les besoins de l'enquête. Je vous remercie et vous souhaite une bonne journée.

* * *

Palais de justice d'Aix-en-Provence

Jeudi 17 août

* *

Bureau du capitaine Boualem

14h 00

— Entrez, convie le capitaine Boualem à la personne qui vient de frapper à sa porte.

Elle s'ouvre et Abdel retient un sifflement admiratif en découvrant l'homme qui vient de pénétrer dans la pièce. Il paraît immense avec son mètre quatre-vingt dix et ses cent kilos de muscles. Pourtant, il semble timide et impressionné, tel un petit garçon qui se demande ce qu'il fait là.

— Bonjour. Je suis convoqué par le capitaine Boualem.

— C'est bien moi et vous êtes ? interroge Abdel

— Justin Perrin. J'ai reçu une une convocation, pour aujourd'hui, 14 h.

— Parfait, je vous attendais. Asseyez-vous.

— Puis-je savoir pourquoi vous me convoquez au tribunal ? s'inquiète Justin qui s'est assis, les fesses au bord du fauteuil, mal à l'aise.

— N'ayez aucun souci. Il n'y a rien contre vous. Je voulais juste avoir quelques précisions sur une affaire vieille de vingt ans.

— Vingt ans ? Cela remonte loin. Je ne sais pas si j'en ai encore quelques souvenirs.

— Pour le bien de l'enquête, je l'espère. Il s'agit du meurtre de Léane Chauvin, survenu dans la nuit du 1er juillet 1997. Cette date évoque-t-elle quelque chose pour vous ?

Justin a plissé les yeux, faisant remonter ce jour dans sa mémoire.

– Si je m'en souviens ? déclare-t-il. Je n'ai rien oublié de ce jour tragique. Pauvre jeune fille ! Quelle tristesse !

– Racontez pourquoi ce soir vous a marqué,

demande Abdel, sans rien montrer de l'excitation qui vient de s'emparer de lui.

– Ce soir-là, j'effectuais ma première mission.

Je venais d'obtenir ma certification en tant qu'agent de sécurité et d'être embauché par « Sécur-Alarme ». J'avais vingt ans.

– En quoi consistait votre fonction, ce soir-là ?

– Mon boss me l'avait confiée pour, m'avait-il

dit, « que tu fasses connaissance avec le métier et que je puisse juger de ta prestation. Un service facile, tu ne devrais avoir aucun problème. »

– En avez-vous rencontrés ? demande Abdel

– Aucun, jusqu'à la découverte du corps de la

jeune fille. Mais même après ce macabre instant, rien de significatif. Les invités ont quitté les lieux en silence, bouleversés par le drame.

— Et en dehors de cela, rien de particulier? Rien qui vous aurez semblé bizarre, inhabituel ?

De nouveau Justin plisse les yeux, cherchant au fond de sa mémoire, faisant rejaillir ces moments si intenses.

Impossible qu'il ait oublié quelque chose de marquant, se dit Abdel qui l'observe intensément.

Soudain, le visage de l'homme s'anime. Une lueur passe dans ses yeux, comme s'il revivait un épisode de ce soir là.

— Vous avez raison! Quelque chose de particulier est venu troubler mon service.

— Que c'est-il passé qui vous a marqué ?

— Il devait être minuit lorsqu'un homme s'est présenté à moi, comme faisant partie de la société. Il portait le même blouson que le mien.

— Que vous voulait-il?

— Il m'a dit être envoyé par le patron pour me remplacer durant une demi-heure afin de me permettre de prendre un peu de repos, de manger et boire quelque chose.

— En quoi cela vous a paru étrange ?

— Le boss ne m'a jamais parlé, lorsque j'ai signé mon contrat, d'une telle attention. Bien au contraire, je ne devais en aucun cas quitter mon poste.

— Qu'avez-vous fait ?

— Croyant qu'il s'agissait de quelqu'un de la société, j'ai pris ce temps et me suis rendu dans la salle.

— Ensuite ?

— Lorsque j'ai rejoint mon poste, l'homme avait disparu. Cela m'a mis mal à l'aise. J'ai craint d'avoir été victime d'un contrôle du patron. Ce dernier m'a confirmé que jamais il n'avait donné un tel ordre et qu'il me faudrait être plus prudent à l'avenir. J'ai échappé à un avertissement. J'ai eu chaud aux... oreilles.

Cette dernière remarque les fait sourire tous les deux.

— Vous souvenez-vous d'un détail concernant cet homme ? Ses yeux, son âge, sa démarche ? Le moindre détail !

— Pas le moindre sauf que je me rappelle lui avoir trouver un drôle d'accent.

— Quel genre d'accent ?

— Je ne peux pas le définir.

— De chez nous ? Marseillais ? Alsacien ? Toulousain ? Peut être corse ?

— Oh ! Oui ! C'est cela, plutôt corse !

— Avez-vous signalé cet incident lors de votre interrogatoire ?

– Bien sûr, j'en ai parlé au juge d'instruction.

– *Pourtant il n'y a aucune trace de ses*

déclarations sur le compte-rendu, remarque-t-il. Parfait, dit le capitaine. Quelque chose d'autre ?

– Peut-être ce bellâtre qui est parti comme une trombe et faisant gicler les graviers de l'allée.

– Quelle marque, la voiture ? A quelle heure ?

– Une Porsche 911, gris métallisé, et pour l'heure je dirais aux environs de minuit trente. Je venais juste de regagner mon poste.

Abdel raccompagne le vigile jusqu'à la porte du bureau.

– Je vous remercie d'être venu. Vous m'avez été d'une aide précieuse pour l'avancée de cette affaire. Tenez-vous à notre disposition pour le cas où nous aurions besoin de vous ré-entendre.

– A votre disposition, si je peux aider.

Bureau de la procureure

15 h 00

Encadré par deux gendarmes, Ange De Vecchio est assis sur un banc, face au bureau d'Ereen Saurin, la procureure. Il a posé ses coudes sur ses genoux et pris sa tête dans ses mains. Il essaie de se calmer, de retrouver une respiration plus régulière, d'apaiser les battements de son cœur. Il vient de vivre deux journées infernales. Que lui arrive-t-il ? Il se sent soudain fatigué, sans ressource, sans envie de combattre encore. Il est épuisé, non par les événements de ces dernières journées mais par vingt ans de fuite en avant. Épuisé par ce remord qui le ronge. Il est las, il ne veut plus lutter.

Pourtant lorsque la greffière lui demande d'entrer, il se redresse, dans un dernier élan provocateur.

Elle n'a rien contre toi, sinon elle t'aurait mis en examen. Alors défends-toi. Fais -les douter.

La procureure l'accueille et le prie de s'asseoir.

— Puis-je savoir pourquoi vous me traitez

comme un criminel ? Qu'avez vous à me reprocher
? demande-t-il d'un ton acerbe avant que la
procureure n'ait pu formuler la moindre phrase.

— Ici, c'est moi qui pose les questions et c'est

vous qui y répondez. Le ton n'est plus aimable. La
joute commence.

— Vous avez été convoqué par mon bureau,

dans le cadre d'une affaire dans laquelle vous
apparaissez. Mais vous avez cru plus intelligent de
vous enfuir plutôt que de vous y soumettre.

— Je ne m'enfuis pas, je me fuis, répond Ange.

Il a retrouvé ses accents d'avocat. Il ne lui manque
que sa robe pour faire des effets de manche.

— Voyez-vous ça, vous vous fuyez ! ironise

Ereen, sarcastique. Eclairez-moi que je saisis
l'importance de ce que vous dites.

– Il m'arrive parfois, au cours d'une affaire

difficile, angoissante, d'une affaire qui me ronge comme une maladie incurable, de fuir. Je prends un sac de voyage et je m'en vais n'importe où. Parfois loin, parfois juste vers mon refuge, dans ma Corse natale, là où je sais pouvoir décompresser.

– Voilà une explication que je peux

comprendre mais alors pourquoi avoir fui aussi de la villa Lélia, votre cocon corse ?

– J'avais prévu de rejoindre mon ami Battistu

et de me vider la tête parmi ses brebis, avec son amitié silencieuse, dans le cadre magnifique de la montagne. Il sait que lorsque je me réfugie chez lui, il doit être présent sans poser de question.

– Belle amitié qu'il risque de regretter un jour.

– Et pourquoi la regretterait-il ? *Soudain, il est*

moins arrogant. Que lui réserve-t-elle ?

– J'y viens. Je dois vous informer, si vous ne

l'êtes déjà...

— Et pourquoi le serais-je ? demande-t-il, interrompant, une nouvelle fois, la procureure.

— Parce que je sais qu'il y a une taupe dans mon service qui vous tient informé de nos actions et que nous avons mis fin à ses magouilles. Il est sous les verrous. *Ereen a haussé le ton.* Évitez de me couper la parole. Je dois vous avertir que nous avons rouvert une affaire de meurtre dans laquelle vous apparaissez comme témoin principal.

— Une affaire de meurtre ? Moi ? Qu'est-ce que c'est que cette histoire ?

— C'est un crime commis il y a vingt ans, le soir du 30 juin 1997. Cela vous rappelle quelque chose ?

— 1997 ? Vingt ans ! C'est bien loin. Je ne me souviens pas de cette nuit-là.

— Essayez. C'était durant le bal de promotion

des étudiants en droit, de futurs avocats. Cela se passait dans une salle, à la sortie d'Aix. Toujours aucun souvenir ?

Il hoche la tête en signe de négation.

— Si je vous dis Léane Chauvin, jeune fille de

vingt ans, belle comme un soleil. Toujours rien ?

— Ce nom me parle mais je ne vois toujours pas

ce que je viens faire dans cette histoire de meurtre.

— Pourtant, aux dires des autres participants à

la soirée, vous avez passé la plus grand partie de votre temps avec elle. Réfléchissez encore.

Ne fais pas ton malin, se dit-il. Ils ont des preuves de ta présence en sa compagnie. Ne lutte pas. Reste naturel.

— Je me souviens de la soirée et d'une jolie

blonde que j'ai courtisée durant le bal, en effet. Nous avons dansé et discuté. Elle me plaisait beaucoup. Mais vous devez avoir tout cela dans le compte rendu de mon interrogatoire.

— Eh bien, non, voyez-vous. Bizarrement il n'existe pas.

— Comment ça ? J'ai dû être interrogé comme chaque participant.

— Vous auriez dû, en effet. Mais voilà, vous vous êtes enfui ou vous avez fui, comme il vous plaira. Vous avez pris le lendemain matin, avant même qu'on ait pu vous entendre, un avion pour Philadelphie, aux États Unis, où vous deviez effectuer un stage dans un cabinet d'avocats de renom.

Ange De Vecchio se sent perdu. Que dire ? Quel mensonge inventer ?

— Exact. J'ai passé trois mois dans cette ville

magnifique et j'y serais bien resté un peu plus longtemps. Pourquoi n'ai-je pas été contacté à mon retour ?

– Parce qu'on avait trouvé le coupable idéal

qui a été condamné à vingt ans d'emprisonnement.

– Alors, pourquoi rouvrir le dossier et que fais-je là ?

– Des éléments nouveaux ont été portés à ma

connaissance. Après les avoir étudiés, je les ai soumis à la commission qui a autorisé cette nouvelle étude du dossier. J'ai souhaité vous entendre au sujet de votre présence à ce bal et votre relation avec la jeune fille ce soir-là. Ce qui n'a pu être fait en 1997.

– Je ne peux rien vous dire de plus que ce que

je viens de vous dire.

– A quelle heure avez-vous quitter la soirée ?

— Aux alentours de minuit trente.

— Quelqu'un vous a vu ?

— Tous ceux qui étaient dans la salle, je suppose, mais aussi le vigile. Avez-vous d'autres questions ?

— Non, ce sera tout pour aujourd'hui. Ah ! Encore une chose.

— Je vous écoute.

— J'aimerais prendre votre ADN afin de le comparer à ceux trouver sur la robe de Léane

— Vous le trouverez forcément vu que j'ai dansé avec elle.

— Ce n'est qu'une formalité. Acceptez-vous ce prélèvement ?

— Faites donc. Je n'ai rien à craindre, ni à cacher.

La procureure fait signe à sa greffière qui s'avance un test en main. Ange De Vecchio se prête sans sourciller à la prise de l'échantillon.

— Merci, Maître. Je vous rappelle que vous avez interdiction de quitter Marseille et la région. Vous devrez vous rendre aux convocations que vous recevrez, sous peine de vous voir incarcérer.

— Entendu, Madame la procureure. Bonne fin. de journée.

Il a retrouvé tout son aplomb et pense qu'au final, elle n'a rien contre lui. Il respire mieux et les frissons dans son dos se sont calmés. Il sort la tête haute.

Quel prétentieux ! Tu ne feras pas encore longtemps ton frimeur. Je ne te lâcherai pas, le menace mentalement la procureure.

Bureau de la procureure

16 h 00

— Faisons le point maintenant que les interga-
-toires sont terminés, déclare Ereen au groupe réuni dans son bureau. Capitaine Boualem ?

— Oui, Madame. J'ai reçu, Justin Perrin, le vigile en service ce soir-là. Il n'a rien oublié de sa prestation, une première pour lui qui venait d'obtenir son accréditation. Une chose l'a interpellé : un homme, se faisant passer pour un collègue, est venu lui dire de prendre une demi-heure de repos pendant qu'il le remplaçait. Bien qu'hésitant, il a quitté son poste. A son retour, l'individu avait disparu. Son patron, mis au courant, lui a confirmé que ce n'était pas la pratique de la maison. Il a échappé de peu à un licenciement. Il a aussi vu une Porshe 911 démarrer sur les chapeaux de roues. Il était environ minuit trente.

— Des renseignements concernant cet

individu ?

— Rien, aucun souvenir physique si ce n'est un

accent particulier qui pourrait être un accent corse.

— Nous y revoilà. Comme c'est bizarre ! De

nouveau les corses dans notre affaire, souligne Juliet. Et toi ? Ta conversation avec Ange De Vecchio ? Elle s'adresse à Ereen.

— Quel petit con ! Quel frimeur prétentieux !

Mais pour qui se prend-t-il ? Tout juste si je ne lui devais pas lui présenter des excuses. Déranger, Môssieur, dans sa retraite corse, là où il court se réfugier quand il se sent mal. « Je ne m'enfuis pas, m'a-t-il dit, je fuis ». C'est beau, pas vrai ? Je suis furibarde, j'enrage. J'aurais aimé le coffrer tout de suite, lui mettre le papillon sous le nez et le faire pisser de peur, dans son froc. Pardon de cette vulgarité mais je ne parviens pas à me calmer. J'ai l'intime conviction que nous tenons là, le véritable assassin.

— Ouah ! s'exclame Alex. Quel réquisitoire !

Mais devant le jury, il te faudrat'exprimer dans un langage plus châtié.

Ils rient tous les quatre.

— Promis, je serai plus « classe ». Bon, il nous

faut maintenant préparer la suite de nos recherches. Je pense aussi qu'il est temps de faire connaissance avec Nathan Maurel et de tout lui dire. Qu'en pensez-vous ? Elle interroge ses compagnons du regard.

— Nous sommes d'accord. Je l'ai vu la semaine

dernière et je l'ai eu au téléphone ce matin. Je sens qu'il piaffe d'impatience même s'il n'en dit rien. J'ai aussi programmé une visite à Julien Payet pour Lundi. Nous nous rendrons à Gardanne et nous déjeunerons avec lui.

— Comment va Julien ? interroge Juliet

— D'après Ninon, il est un peu mieux du fait

qu'il mange bien, qu'il est plus serein et qu'il semble vouloir résister encore pour voir la fin de cette aventure.

— Et comment se porte la jolie Ninon, demande

la juge, taquine.

— Très bien, elle aussi. Alex sent le rouge lui

monter aux joues. Alors que faisons nous, demande-t-il pour détourner la conversation.

— Barbecue à la maison ? Demain soir 19h ?

Pensez à prendre vos maillots.

— Parfait pour nous, répond Abdel après avoir

consulté les autres du regard. 19h au Mas des Oliviers. Pense à inviter Ninon que nous fassions plus ample connaissance.

— Je peux ? demande l'avocat, en se tournant vers Ereen.

— Bien sûr. Elle est dans le secret, elle aussi et depuis le début.

— Merci pour elle. Elle sera flattée que vous lui fassiez confiance. Puis, se tournant vers Abdel : as-tu pu obtenir les renseignements que je t'ai demandés ?

— J'en ai logé un, pour le second j'attends un appel de mon enquêteur.

— Que magouillez-vous tous les deux ? s'enquiert Ereen.

— Je lui ai demandé de retrouver les enfants de Julien. J'espère pouvoir les convaincre de renouer avec leur père. Je pense qu'il partira heureux de savoir qu'il a permis de rétablir un innocent dans son honneur et d'avoir retrouvé ses fils qu'il aime tant.

— Bravo, lui murmure Juliet. C'est super.

J'espère que ces deux garçons comprendront l'attitude de leur père. Bon, je vous laisse. J'ai un dossier sur le grill. A demain soir et n'oublie pas Nathan, dit-elle à Alex.

Mas des Oliviers
Vendredi 18 août

19h 15

* *

Un crissement de pneus sur le gravier de l'allée. Juliet se lève d'un bond de son transat.

— Ils arrivent, dit-elle à Ereen et Abdel allongés au bord de la piscine.

Et elle se précipite pour accueillir les arrivants.

Depuis qu'elle a lu les carnets de Nathan et entendu le portrait qu'en a fait Alexis, elle a hâte de faire la connaissance de cet homme pour lequel tout le groupe travaille. Sans le connaître physiquement, elle éprouve pour lui un sentiment étrange. Compassion ? Admiration ? Sans doute un mélange des deux. Elle s'interroge sur ce qui a pu donner à cet homme, cette capacité à ne pas sombrer dans le désespoir, à poser sur le monde un regard curieux mais sans hostilité envers cette société qui lui a volé vingt ans de sa vie. Ces années de jeunesse où l'homme se forme, prend ses marques et puis son envol. Ces années où les sentiments se révèlent, où le cœur palpite, où l'amour se découvre.

Au bord de la terrasse, elle observe ses invités qui descendent de voiture. Ninon, toujours aussi belle, dans une robe légère et fleurie, Alexis, radieux et amoureux et puis cet homme qui s'extrait du véhicule et déploie son mètre quatre-vingt sous ses yeux éblouis. Elle retient un « ouah » qui tente de s'échapper de sa bouche et le transforme en un sourire accueillant. Elle n'en pense pas moins – *Je ne regrette pas d'accompagner Alex dans sa quête de la vérité. Quel bel homme. Dis donc, Madame La Juge, tu fantasmes ? C'est sûr qu'il est craquant.*

Bon, allez ! Secoue-toi ma vieille. L'heure n'est pas à la rêverie ! -

– Bonjour, Juliet, dit Alex. Je te présente

Nathan Maurel ! Nathan, voici Madame la Juge d'instruction, Juliet Maillet

– Bonjour, Nathan. Heureuse de vous

rencontrer. dit-elle en lui tendant la main. Une décharge électrique les surprend lorsque sa main vient se blottir dans sienne. Ils échangent un regard surpris et un sourire timide.

– Madame la Juge. Tout le plaisir est pour moi

qui vous suis redevable de tout ce travail accompli.

– Nous en reparlerons plus tard. Venez faire

connaissance du reste de la troupe et, s'il vous plaît, appelez moi Juliet.

Ils se dirigent vers la piscine où les attendent Ereen et Abdel. Présentation, poignées de mains chaleureuses

— Je me souviens de vous, dit Nathan en

serrant la main d'Abdel. Vous étiez l'inspecteur qui accompagnait le commandant Santoni et vous aviez essayé de le faire s'intéresser à autre chose qu'à l'évidence.

— C'est bien moi. Et croyez-moi, j'ai payé cher

mon indiscipline. Mais aujourd'hui, je vais prouver que j'avais raison. Bienvenue parmi nous.

— Merci, Capitaine et merci à vous tous de

votre accueil et de votre implication.

Après cet échange chaleureux, tous s'installent autour de la table.

— Avant d'attaquer le repas et si vous le

permettez, j'aimerais que nous fassions un point sur nos avancées, explique la Procureure

Chacun acquiesce. Le moment est grave, empli de solennité. Nathan ne dit mot. Il attend, sans rien montrer de sa fébrilité, de connaître les progrès du dossier. Il a jaugé chacune des personnes présentes. Il est ému de leur engagement envers lui.

— *Comment peuvent-ils me faire confiance ?*

Que savent-ils que j'ignore ? Mon récit a dû les convaincre de mon innocence. Attendons.

— Nathan, c'est la procureure qui le tire de ses

pensées, pouvez-vous nous raconter votre histoire ?

— J'ai tout écrit dans les carnets que vous avez

lus.

— Je sais mais j'aimerais, nos aimerions, vous

l'entendre dire avec vos mots, vos sentiments, peut être aussi votre colère, votre révolte.

— Je veux bien essayer, consent Nathan.

Et il se lance dans le récit de ce jour horrible qui a pulvérisé sa vie aussi puissamment qu'une bombe atomique, plantant des éclats de métal dans tout son être. Son Hiroshima personnel. Il se raconte, avec parfois des tremblements dans la voix. La douleur, l'incompréhension sont toujours présentes. Il s'arrête enfin et observe l'assistance muette, remarque les larmes qui brillent dans les yeux de Juliet, d'Ereen et de Ninon. Les deux hommes face à lui sont tout aussi troublés. Son cœur s'allège devant l'émotion manifestée. Il se racle la gorge pour faire passer la boule qui vient de s'y former. Vingt ans après, sa douleur est toujours aussi vive.

— Voilà, vous savez tout, murmure-t-il

doucement, de peur de faire disparaître l'émotion qui enveloppe la table, d'une écharpe d'humanité, d'empathie, d'amitié.

— Merci Nathan. *Ereen s'est ressaisie et reprend son habit de procureure*. Nous allons maintenant vous révéler où nous en sommes de nos recherches et de nos découvertes.

Le jeune homme réprime un frisson. Il a la sensation qu'une nouvelle page va se tourner au grand livre de sa vie, une page blanche sur laquelle va s'inscrire un nouvel avenir pour lui. Il attend sans dire un mot. Son regard accroche celui de Juliet. Il l'a observée, elle lui rappelle Léane.

— *Elle semble douce, elle est belle.* Il faut dire

que c'est la première femme qu'il côtoie depuis quelques vingt années. Face à lui, la jeune femme lui adresse un sourire bienveillant. *Pourvu que ce ne soit pas de la pitié. Je ne le supporterais pas. Plutôt renoncer à tout que devoir affronter ce sentiment.*

La procureure a ouvert un dossier devant elle.

— Je vais faire un rappel rapide de ce qui nous a

conduits à revoir votre dossier de A à Z. En tout premier lieu, il y a eu cette lettre reçue par Alexis, puis sa visite à Julien Payet. Ses confidences nous ont amenés à nous pencher avec intérêt sur votre affaire et nos découvertes nous ont conduits à demander sa révision.

– Qu'avez-vous découvert de nouveau qui

puisse, peut être, m'innocenter ?

– Bien des erreurs commises, des détails passés

sous silence, des analyses complémentaires non versées au dossier d'instruction. Beaucoup de laxisme dans le procès. Pour tous, vous étiez le coupable idéal, alors pourquoi chercher ailleurs. Nous avons repris l'affaire à son début et nos différentes recherches nous ont permis de demander sa réouverture. Nous allons vers un nouveau procès.

– Auquel je vais devoir participer ? s'inquiète

Nathan.

– Évidemment ! Pourquoi cette question ?

Vous ne vous en sentez pas capable ? demande Juliet.

– Je ne sais pas. Le souvenir du premier est

encore douloureux et me hante depuis toutes ces années, m'empêchant parfois de dormir, de manger, d'avoir quelquefois envie d'en finir avec cette vie qui était la mienne, le chagrin infligé à ma douce maman. Revivre ces moments si durs, me replonger dans l'évocation de la mort de Léane, revoir ses parents ! Que de souffrances à venir.

La juge s'est approché de lui et lui prend la main qu'elle serre entre les siennes.

– Vous ne serez jamais seul devant les juges.

Nous serons tous avec vous, près de vous et nous conduirons ce combat jusqu'à la victoire.

– Qu'ai-je fait pour mériter une telle preuve

d'amitié ? Vous ne me connaissez qu'à travers mes carnets et les minutes de mon dossier.

– Cela a suffi à nous faire découvrir et

apprécier l'homme que vous étiez et celui que vous êtes devenu, dit Alexis qui s'est approché et a joint ses mains à celles de Juliet.

– Tous pour un, disaient les mousquetaires et

nous voilà. C'est Abdel qui s'exprime cette fois et unit ses doigts aux autres

– Nous sommes Athos, Portos, Aramis et

d'Artagnan, les pourfendeurs des méchants et nous vaincrons. Haut les cœurs. Ereen a pris sa place sur la pyramide des doigts liés.

– Acceptez que je m'associe à votre groupe, dit

Ninon. Je ne suis pas trop active dans cette aventure mais je vous offre mon soutien et mon amitié.

– Nous sommes au complet, La Dream Team

de la justice. Hourra, s'écrie Abdel, toujours prêt à faire le clown pour détendre l'atmosphère.

Cette fois c'en est trop. L'émotion chavire Nathan qui ne peut retenir ses larmes. Il lui semble que, tout à coup, vingt années se sont effacées, que tout le poids qui pesait sur son cœur, s'est allégé et qu'enfin, il reprend pied dans une vie normale.

— Bien, Bozo, le clown, dit la procureure, redevenons sérieux. Je vais répartir les rôles. Toi, Juliet, tu instruiras la nouvelle affaire. Toi, Alex, tu seras l'avocat de Nathan. Vous, Abdel, vous assisterez Juliet dans ses différentes démarches. Vous, Ninon, vous serez nos yeux auprès de Julien Payet. Enfin pour ma part, je serai le Procureur de la République lors de l'ouverture du procès. En attendant nous nous concerterons à chaque avancée. Tout est clair pour chacun de vous ?

— Tout est limpide! Nous sommes prêts, répondent en chœur les intéressés.

— Alors nous pouvons maintenant trinquer à notre succès et puis ... j'ai faim.

Une phrase qui fait rire l'assemblée et se détendre l'ambiance. Les verres remplis, ils les lèvent tous ensemble

— A vous, Nathan, à la justice rendue, à notre succès !

* * *

Quinze jours plus tard

Palais de Justice

Aix-en- Provence

* *

Bureau de la Procureure

Les quatre mousquetaires sont réunis pour faire le point. Nathan a été convié.

— Bonjour tout le monde ! Comment allez-vous

tous ? Qu'avez-vous de nouveau à m'apprendre ? demande Ereen.

— Pour nous, rien de plus, déclare Alexis. Nous

avons mis au point notre stratégie et revu les points les plus importants de la plaidoirie. Nous avons aussi rendez-vous avec Julien Payet qui souhaite revoir Nathan.

– Pour nous, *c'est Juliet qui parle*, nous avons revu et entendu plusieurs des témoins de la soirée.

– Qu'en avez-vous déduit ?

– Tous nous racontent la même histoire. Ils se souviennent avoir vu Léane et Ange De Vecchio danser, puis sortir dans le jardin.

– Ils ont vu ensuite le jeune homme revenir dans la salle, seul, et quitter les lieux. Il était aux environs de minuit trente, poursuit Abdel.

– L'ADN de De Vecchio a matché sur la robe, comme on s'y attendait, mais, cerise sur le gâteau, devinez où le labo a retrouvé une trace ? A l'intérieur !

– Et seulement le sien ? Génial ! Cela confirme bien qu'il tentait autre chose qu'un simple baiser ! s'exclame la procureure. Qu'avez-vous prévu pour la suite ?

– Nous prévoyons trois étapes. La première

rappeler Ange De vecchio pour un interrogatoire complémentaire ; la deuxième, une reconstitution de cette partie de la soirée et enfin la troisième, si nécessaire, l'exhumation du corps de Léane pour confirmer la fracture du crâne.

– Ah, non ! S'il vous plaît ! Pas ça ! *Nathan s'est*

levé d'un bond de son siège, je préfère encore que la révision de mon procès n'ait pas lieu et garder toute ma vie cette trace sur mon casier judiciaire.

– Mais pourquoi renoncerais-tu à cette

réhabilitation à laquelle tu as droit au vu de ton dossier et de tout ce que nous avons découvert ? Alexis s'étonne.

– Je ne veux pas que les parents de Léane

soient mis face à cette intervention qui raviverait leur souffrance. Je sais que leur douleur s'est apaisée au fil des années mais qu'elle est toujours là, tapie dans un coin de leur cœur, dans le grenier de leur cerveau où ils ont rangé tous leurs souvenirs. Je ne me sens pas capable de leur faire rouvrir cet espace. C'est douloureux pour moi alors imaginez pour eux qui ont perdu ce jour-là, leur fille unique, l'amour de leur vie. Pas ça, s'il vous plaît.

— D'accord, dit Ereen. Juliet pourras-tu obtenir

des aveux de De Vecchio sans utiliser l'exhumation

— Je pense pouvoir y parvenir sans ça. Je vais

commencer par le faire revenir pour un complément d'explication. Nous verrons ensuite pour la reconstitution..

— Bien, tout est en place. Nous nous voyons dès

que Juliet et Abdel auront interrogé à nouveau notre suspect numéro un.

— Je pense la semaine prochaine, indique la

juge. Peux-tu prévoir une reconstitution pour le 7 septembre et de nuit, bien sûr.,

— Je m'en occupe, répond Ereen. Tout est en place ?

— Parfait pour nous.

— Merci à vous tous, c'est Nathan qui s'exprime. Et pardon aussi de vous demander un tel sacrifice alors que vous faites tout pour moi.

— Ne crains rien, répond Alex en lui entourant les épaules d'un bras amical. Nous avons tous compris ta démarche. C'est tout à ton honneur.

— Nous nous voyons dès que Juliet et Abdel auront interrogé à nouveau notre suspect.

* * *

Gardanne

La maison

01 septembre/ 15   h 30

* *

Comme à chacune de ses visites, Alexis est agréablement surpris par le calme et la sérénité de l'endroit. A son tour, Nathan, se laisse prendre par cette atmosphère apaisante. A cette heure, les résidents sont encore dans leur chambre pour un peu de repos.

Dans le hall, Ninon les rejoint. Elle les embrasse .

— Julien vous attend dans sa chambre, leur dit-elle. Je vous y conduis.

— Comment va-t-il ? interroge l'avocat.

— Pas trop mal. Il décline un peu mais ses analyses ne sont pas trop mauvaises.

– N'allons-nous pas le fatiguer ? demande Nathan.

– Non ! Il est tellement content de vous rencontrer et puis cette semaine il eut une magnifique surprise.

– Raconte-nous.

– Ses deux fils ont téléphoné pour prendre de ses nouvelles et se proposent de venir le voir.

– Magnifique ! s'exclame Alex.

– Oh ! Toi, ne fais pas celui qui ne sait rien. Tu es derrière cette belle histoire.

– J'avoue mais j'avais un doute. Ils semblaient tellement réticents et encore en colère lorsque j'ai pu les joindre. Mes explications ont donc touché leur cœur.

Devant la porte de la chambre, Ninon s'efface et Alexis et Nathan pénètrent dans la pièce. Julien est confortablement installé dans un fauteuil, près de la fenêtre. Un livre posé sur les genoux, il regarde le jardin. Au bruit de la porte, il tourne la tête vers les arrivants et un grand sourire éclaire son vissage.

— Alexis ! Quel plaisir de te voir. Comment vas-tu ?

— Plaisir partagé, répond le jeune homme. Je vais bien et vous ? Il a pris ses mains entre les siennes.

— Pas trop mal pour un mourant, dit-il en souriant.

— Julien, comme promis, je vous amène Nathan Maurel, explique-t-il en faisant signe à Nathan de s'avancer.

— Bonjour, Monsieur Payet, dit ce dernier. Ravi

de vous rencontrer.

— Et moi, je suis comblé que vous ayez accepté

de venir jusqu'à moi, sachant que je suis; en partie, responsable de votre condamnation.

— Vous avez été, comme moi, la victime d'un

milieu qui nous aura broyé tous les deux. Vous n'en êtes en rien l'artisan mais la victime.

— Merci, Nathan.

— Merci à vous d'avoir eu le courage de

soumettre ce dossier explosif à Alexis, de nous donner la possibilité de retrouver le véritable assassin et de m'offrir la possibilité de me voir laver de toutes ces accusations.

Julien les convie à s'asseoir.

— Maintenant, j'aimerais que vous me racontiez

comment vous avez pu sortir indemne de toutes ces années de prison. Si cela ne fait pas ressurgir trop de mauvais souvenirs.

– Volontiers, lui répond Nathan.

Et de nouveau, il se lance dans l'évocation de cette période de sa vie. Il s'exprime sans rancœur, sans animosité. Julien l'écoute avec attention, avec sympathie. Parfois, il hoche la tête, parfois il ferme les yeux en murmurant des mots inaudibles, juste pour lui. Lorsque le jeune homme a terminé, il le fixe d'un regard ému et ses yeux s'embuent.

– Comme vous avez dû souffrir de cette

terrible erreur. Pardon de vous l'avoir infligée.

– Non, ne vous excusez pas. Maintenant, j'en

suis sorti et je vais reprendre ma vie en main avec l'aide de ces merveilleux amis que vos révélations m'ont permis de connaître. Et voyez-vous, si le procès que nous espérons, ne peut avoir lieu ou si nous ne pouvons trouver le véritable assassin, vous m'avez donner la chance de les rencontrer. Ils ont changé ma vie.

L'après midi se poursuit en une discussion à bâtons rompus. Julien leur confie, avec des étoiles dans les yeux et de l'émotion dans la voix, que ses fils ont pris contact avec lui et viendront le voir dans les prochains jours.

— Je te soupçonne, Alex, de les avoir mis au

courant de mon histoire. Merci infiniment de cette marque d'amitié. Je vais terminer mon parcours en ce monde dans le bonheur et l'honneur.

— J'en suis heureux. Nous allons vous laisser

maintenant. Mais nous reviendrons pour vous tenir au courant de l'avancée du dossier.

— A bientôt.

Dans le hall, les deux hommes retrouvent Ninon qui les attend.

— Est-ce que tout va bien ? demande-t-elle.

– Oui, tout va bien. A ce soir, mon cœur, chuchote Alex à la jeune femme.

– A ce soir. A bientôt, Nathan.

* * *

Palais de justice d'Aix-en-Provence

Bureau de la juge Juliet Maillet

04 septembre / 10h 30

* *

— Bonjour, M. De Vecchio et merci d'avoir répondu à ma convocation.

— Puis-je savoir ce que je fais ici ? J'ai dit, à Madame La Procureure, tout ce dont je me rappelais. Je n'ai rien d 'autre à ajouter.

— Là n'est pas mon propos. Je voulais vous informer du résultat du test ADN.

— Qu'en est-il ?

Soudain il a chaud, puis froid. Il sait qu'en vingt ans les moyens de la police scientifique ont beaucoup évolué. Qu'en est-il de ce nouveau contrôle? Juliet qui l'observe, voit son visage se décomposer et pâlir, ses lèvres trembler.

– *Tu fais moins le malin., pense-t-elle.* Les

méthodes ayant évolué, nous avons en effet retrouvé votre ADN sur le dos de la robe mais également à l'intérieur, juste au niveau de la fente qu'elle présente sur le côté gauche. Bizarre, non ?

– En effet ! Très bizarre.

– Pas d'explication à me donner ? demande

Juliet.

– Aucune ! Je ne comprends pas comment mon

ADN peut se trouver à cet endroit! *Il crâne mais n'en est pas moins dans ses petits souliers.*

– Bien. Nous allons donc procéder à la

reconstitution de la scène dans le jardin puisque vous êtes le dernier à avoir vu Léane vivante.

– Une reconstitution ?

– Oui, Maître, vous savez ce que cela veut dire.

Il nous faut clore cette enquête au plus vite. Je vous ferai chercher à votre domicile par les gendarmes d'Aix, le 7 de ce mois, à 22 heures. Soyez présent.

* * *

Salle Les Mimosas

Aix-en-Provence

07 septembre/ 23h 30

* *

— Tout le monde est en place ? demande Ereen

— Oui, répondent les différents acteurs.

— Alors commençons. M. De Vecchio, lors de

notre entrevue, vous avez déclaré avoir dansé avec Léane puis être sortis tous les deux dans le jardin. Faustine, appelle-t-elle, vous serez Léane.

Une jeune gendarme apparaît, vêtue d'une robe bleue en tous points semblable à celle de la jeune morte. Elle a relevé ses cheveux en chignon dans lequel elle a piqué le papillon bleu. A sa vue, Ange De Vecchio a un mouvement de recul. Il pâlit, un frisson parcourt son échine, son cœur se serre, l'air lui manque. La procureure a noté sa réaction mais n'en laisse rien paraître. Elle poursuit la mise en place du scénario supposé.

— Voulez-vous, s'il vous plaît, refaire les mêmes gestes que ceux faits à ce moment là.

Le jeune homme passe son bras autour de la taille de la gendarme et la conduit dans le jardin jusqu'à un banc de pierre. Le jardin est faiblement éclairé par quelques spots lumineux.

— Qu'avez-vous fait ensuite ?

— Je l'ai embrassée.

— Refaites les mêmes gestes.

Il enlace la fille, mime un baiser. Soudain, dans le talkie-walkie de la juge, une voix résonne. C'est Nathan. Il est dans la chambre et regarde la scène.

— Il oublie de passer sa main droite le long de

la cuisse et de remonter vers son aine. Léane a posé ses deux mains sur son torse comme pour le repousser.

– OK! répond Juliet. M. De Vecchio vous êtes, avec votre main droite, remonté le long de la cuisse de Léane et elle a tenté de vous repousser. Que s'est-il passé ensuite ?

C'en est trop. De Vecchio s'effondre.

– Je n'en peux plus, murmure-t-il. Vingt ans que je revois cette scène, vingt que je vis avec ce souvenir. J'avoue, Madame la procureure.

– Que voulez-vous avouer ?

– Que je suis responsable de la mort de Léane.

– Expliquez nous.

– Je ne voulais pas lui faire de mal. Voyant que je devenais un peu trop entreprenant, elle m'a repoussé et a trébuché. Elle est tombée à la renverse, a cogné la tête sur le banc et s'est écroulée sur le gazon.

— Comment avez-vous réagi? Lui avez-vous porté secours ? Peut-être n'était-elle pas morte ?

— J'ai paniqué. Alors j'ai appelé mon père pour lui expliquer la situation et lui demander quoi faire.

— Que vous a-t-il conseillé ?

— Il m'a ordonné de quitter la soirée, me disant qu'il se chargeait du reste. C'est ce que j'ai fait. J'ai appris plus tard qu'une équipe de nettoyeurs était venue faire le ménage et s'occuper de Léane.

— C'est donc cette équipe qui a accompli le sale boulot, celui de ramener la jeune fille, morte, de la mettre sur le lit près de Nathan et de simuler un viol qui aurait mal tourné.

— C'est bien ça !

— Ange De Vecchio, je vous arrête pour le

meurtre de Léane Chauvin et pour dissimulation de preuves.   Et de lui rappeler ses droits. Il n'offre aucune résistance aux gendarmes qui le menottent et l'embarquent dans leur véhicule.

  Nathan qui est sorti de la chambre d'où il observait le déroulement de la reconstitution, s'est rapproché de Juliet.

— Tu es content, lui demande-t-elle avec un

grand sourire.

— Heureux que le véritable assassin soit enfin

découvert..

— Il ne sera inculpé que d'homicide involon-

-taire ayant entraîné la mort sans intention de la donner et de non assistance à personne en danger, mais il sera jugé comme il se doit.

— Et pour son père ? Il mérite lui aussi de

croupir derrière les barreaux ?

— Ne t'inquiète pas. Ereen a prévu de s'occuper de lui et de l'inculper le moment venu. Satisfait?

— Disons soulagé que la vérité soit révélée mais toujours triste de la perte de Léane, ma petite sœur de cœur.

— Ça ira, mon cœur. Tu pourras aller te recueillir sur sa tombe en toute tranquillité.

— Tu es un amour, lui chuchote-t-il à l'oreille. Tu as effacé vingt années de tristesse et d'angoisse.

* * *

Six mois plus tard

* *

Palais de justice d'Aix-en-Provence

Salle d'audience n° 13

* *

— Mesdames, messieurs, La Cour ! annonce l'huissier.

L'assistance se lève et le président et ses assesseurs s'installent. Le jury se présente à son tour et prend place sur les bancs qui lui sont destinés. La délibération n'a pas été très longue.

Dans le box des accusés, Ange De Vecchio est recroquevillé sur son siège. Il est méconnaissable. Il a vieilli, ses traits sont tirés, une barbe de plusieurs jours lui mange le visage, ses cheveux ont blanchi. Nathan l'observe. Où est donc passé le dandy crâneur et arrogant ? Que sont devenus son élégance, sa superbe, sa façon de se croire au-dessus des autres avec son ego surdimensionné ? Il n'est plus rien qu'un homme perdu.

Le président interroge le premier juré qui répond à sa question par un seul mot :

– **Coupable !**

Tel le couperet de la guillotine, ce mot prononcé par le premier juré résonne dans la salle d'audience, rebondit d'un mur à l'autre, se fracassant dans le prétoire.

Un tribunal lugubre. Les robes noires qui s'agitent. Les mots qui vibrent, qui explosent. Dans leurs box, les jurés muets mais soulagés, certains cette fois que leur jugement et le bon.

Dans la salle, le public qui murmure, les parents de Léane qui pleurent.

Assis au premier rang, Nathan s'est levé lentement à l'annonce du verdict. Il est resté sans respirer un long moment, attendant la sentence. Dans une brume mêlant l'espoir et la peur, la joie et la colère, il a entendu ce mot, cet unique mot qui, vingt ans auparavant, a détruit sa vie. Il pose son regard sur Juliet, assise près de lui. Durant tout le procès, elle ne l'a pas quitté, lui apportant son soutien. Abdel Boualem est présent, lui aussi. Tous sont fiers de cette victoire qui est un peu la leur.

« Coupable » a retenti dans la tête de Nathan tel un coup de tonnerre, tel un éclair déchirant les nuages sombres d'un ciel d'orage, dévoilant enfin le bleu de l'azur.

Un ciel pur au dessus sa tête.

Une résurrection.

La vérité enfin car :

« Avec la parole nue revient toute la vérité. Avec la vérité revient toute l'âme.»

Christian Bobin

* *

La vérité est fille du temps.

Aulu-Gelle

Remerciements

Je veux ici remercier toutes celles et tous ceux qui, au fil des années, des livres écrits et publiés, m'ont suivie et lue.

Ici s'arrête cette aventure qui m'a permis de m'essayer à cet exercice si difficile qu'est l'écriture. J'ai aimé me confronter à un scénario né de mon imagnation, j'ai adoré faire vivre des personnages imaginaires ou tirés du réel. Les voir vivre, aimer ou mourir, me sentir maître de leur destin, fut une vraie émotion. J'ai aimé vous raconter leurs histoires sorties tout droit de mon esprit. Si j'ai pu vous captiver le temps d'une lecture, alors je suis satisfaite.

Je vous offre mon ultime livre.

Prenez soin de vous.

Bon vent à vous toutes et tous.

Marignane, le 14 octobre 2024